도검 新무협 판타지 소설

FANTASTIC ORIENTAL HEROES

패도무혼

패도무혼 1

도검 新무협 판타지 소설

초판 1쇄 찍은 날 § 2013년 11월 25일
초판 1쇄 펴낸 날 § 2013년 12월 2일

지은이 § 도검
펴낸이 § 서경석

편집부장 § 권태완
편집책임 § 박가연

펴낸곳 § 도서출판 청어람
등록번호 § 제1081-1-89호
등록일자 § 1999. 5. 31
어람번호 § 제2-2428호

주소 § 경기도 부천시 원미구 심곡2동 163-2 서경B/D 3F (우) 420-822
전화 § 032-656-4452팩스 § 032-656-4453
http://www.chungeoram.com
E-mail § chungeorambook@daum.net

ISBN 978-89-251-3579-3 04810
ISBN 978-89-251-3578-6 (세트)

패도무혼

도검 新무협 판타지 소설

1

FANTASTIC ORIENTAL HEROES

패 도 무 혼

目次

序

패도(霸刀)의 길은 곧 수라의 길.
그래서 혼이 없다.

"흑수라(黑修羅)를 잡을 비책을 알려주십시오."

"놈을 잡을 비책 따위는 없다. 하나 놈에게서 살아남을 방법
은 있다."

"그게 무엇입니까?"

"놈이 칼을 뽑으면 일 장 밖으로 물러나고, 칼이 아니라 두
자루의 철곤을 쥐면 삼 장 밖으로 물러나면 된다."

"철곤의 길이가 더 깁니까?"

"철곤이 칼보다 빠르다. 병기가 빠르다는 건 몸의 움직임 역
시 빨라진다는 걸 의미한다. 하니 놈보다 빠르지 않다면 삼 장

밖으로 물러나야 한다. 만약 놈이 철곤과 칼을 하나로 결합하면 오 장 밖으로 물러나는 게 좋다. 잊지 마라. 오 장이다.”

“그건 싸우지 말라는 것이잖습니까? 그럴 바에는 놈이 무기를 뽑지 못하도록 하는 게 낫겠습니다.”

“멍청한 놈, 놈이 병기를 손에서 놓았을 때가 가장 무섭다는 것도 모르느냐? 놈이 병기를 뽑지 않고 달려든다는 건 살의가 극에 달했다는 뜻이다. 그때는 뒤도 돌아보지 말고 도망쳐야 한다.”

“그, 그렇습니까?”

“그렇다.”

“하면… 놈을 잡을 방법이 없는 것입니까?”

“원로원의 봉공들을 움직이면 되겠지.”

“그럴 수 있다면 제가 고민하고 있겠습니까?”

“하긴 돈과 권력에 찌든 늙은이들이 뭐가 좋다고 나설까. 그들을 움직일 수 없다면 방법은 하나뿐이다.”

“그게 뭡니까?”

“한 손이 열 손을 감당 못 하는 법이다.”

“숫자로 밀어붙이란 말입니까?”

“그렇다.”

“잊으셨습니까? 흑영대(黑影隊)가 함정에 빠져 전멸할 위기에 처했을 때 놈이 혼자 혈로를 뚫었다는 거 말입니다. 당시 사도천(邪道天)의 혈전대(血戰隊) 일백이 놈 하나를 감당 못 하고 와르르 무너졌습니다.”

"멍청한 놈! 백이 부족하면 이백을, 이백도 부족하면 오백을 데려가면 되지 않겠느냐. 그리고 놈이 맹을 떠난 이상 스스로 사지(死地)로 뛰어든 꼴이 아니냐. 놈에게 칼을 가는 곳이 어디 한두 곳이냔 말이다."
"아, 그렇군요. 무슨 말씀이신지 이제야 알겠습니다."
천하영웅맹 감찰부의 특임감찰 소면검(笑面劍)의 얼굴에 비로소 미소가 걸리고 있었다.

1장

변하지 않았다면 돌아오지 않았을 것입니다

가조양은 귀도림(鬼刀林)의 소림주다.

다혈질적인 성격에 곧잘 패악을 부리곤 하지만, 튼튼한 배경 덕분에 사람들이 제법 따르는 편이다.

그게 진심 어린 충정이 아님을 가조양 본인도 잘 알고 있지만 개의치 않았다. 인간이란 동물은 원래 권력과 금력을 추종하게 마련이니까.

지금 가조양은 수하들과 함께 십진철기를 방문한 후 귀도림으로 돌아가는 중이었다.

눈앞의 구릉에 올라서면 멀리 귀도림이 보인다. 대나무 숲이 울창한가운데 몸을 잔뜩 웅크린 대호(大虎)처럼 보이는 곳이다. 어쩌면 귀호림이라는 이름이 더 잘 어울릴지도 모른다.

가조양은 웃었다.

소리가 없을 뿐이지, 절세신병이라도 얻은 양 그렇게 웃었다. 미친놈이 아닌 이상 그가 이렇게 웃는 데는 그만한 이유가 있다.

십전철가에서는 귀도림이 원하는 가격에 병기들을 만들어 주기로 약조했다. 품속에는 그 계약서가 있다.

하지만 그런 이유로 기뻐하는 게 아니다. 십전철가와의 계약은 늘 있는 일이기 때문이다.

그가 이토록 기분이 좋은 것은 간만에 그녀의 얼굴을 보았기 때문이다.

철화옥.

십전철가의 무남독녀로 이곳 광주(廣州)에서 손꼽히는 미녀다. 어쩌면 광동성 전체에서도 다섯 손가락 안에 들지도 모른다.

'철화옥 넌 내 거야. 반드시 그렇게 될 거다. 크흐흐!'

양쪽으로 쭉 찢어진 입꼬리가 제자리를 찾을 줄을 몰랐다. 보보마다 주체할 수 없는 웃음이 뚝뚝 떨어진다. 금방이라도 대소를 터뜨릴 것 같다.

한데 귀도림에 당도할 때까지 계속 웃을 것 같던 가조양이 갑자기 미소를 거두었다. 반대편에서 낯선 사내가 구릉을 넘어오고 있었기 때문이다.

'음! 웬 놈이지?'

길을 가다 보면 누군가를 만날 수 있다.

가조양이 세상 모든 사람을 다 알지 않는 한은 언제 어디서든 낯선 얼굴을 만날 수 있는 법이다. 가조양 역시 그걸 모르지 않는다.

그럼에도 낯선 이들을 보게 되면 그냥 지나치지 못한다.

어디의 누구인지 궁금해한다. 이곳을 지나가는 이유가 궁금해 길을 막고 물어본다.

구릉을 넘어서면 귀도림에 가깝다.

그 때문이다.

귀도림의 영역이라는 것을 인지하게 된 때부터였던 것 같다. 그때부터 낯선 자들은 감히 자신의 영역을 침범한 침입자로 여겼다. 그래서 길을 막고 자신을 과시했다.

가조양은 눈을 가늘게 떴다.

구릉 너머로 낯선 사내의 상반신이 드러났다.

묵빛 장포가 나붓거린다.

'낭인인가?'

장포는 누구나 걸칠 수 있다. 하나 저처럼 멋이라고는 눈곱만큼도 없는 칠흑 같은 장포는 뜨내기 낭인들이 주로 걸친다.

좀 더 가까워지자 사내의 얼굴이 뚜렷이 보였다.

먼저 이마의 묵건(墨巾)이 시신을 깊이 끌었다. 아무런 치장이 없는 그냥 묵빛 천이다.

저 정도면 유별나다고 할 수 있다.

어쩌다 보니 그냥 묵빛 천 쪼가리를 동여맨 것일 수도 있지만, 어찌 되었든 묵건은 유별스럽게 보인다. 웬만한 낭인들도 저렇게까지는 하지 않는다. 위아래로 온통 흑색 일색이면 자칫 위화감을 조성할 수 있기 때문이다.

시비는 어디에나 있게 마련이고, 무인들의 시비는 결국 칼부림으로 귀결되는 법. 타지에서 저런 복장을 하고 다니다간 칼침 맞기 십상이다.

'재밌군.'

가조양은 저 유별난 사내에게 흥미가 생겼다. 장난감을 발견한 악동처럼 입꼬리가 말려 올라갔다.

걸음을 멈춘 가조양은 문득 고개를 들고 하늘을 올려다봤다.

높고 푸르다.

몇 점 구름만이 둥실 흘러간다.

'좋군.'

정말 기분 좋았다.

철화옥을 보았고, 간만에 몸을 풀 수도 있을 것 같다,

고개를 내려 전방의 낯선 사내를 바라봤다.

순간, 가조양의 표정이 변했다.

얼굴에서 미소가 사라졌다.

'뭐, 뭐야……'

단지 몇 걸음 더 가까워졌을 뿐인데, 공기가 달라졌다.

유유하고 평온하던 공기가 얼음장처럼 차갑게 가라앉았다. 싸늘한 기운이 송곳처럼 찔러댄다.

그걸 느낀 순간, 손이 꿈틀거렸다.

호흡이 거칠어졌다.

자꾸만 칼자루를 잡으려 한다. 무인이니 칼을 뽑는다 한들 이상할 일이 아니다. 문제는 그것이 자의가 아니라는 것에 있다.

진창에 빠진 듯하다.

무언가가 단단히 옭아매 강하게 끌어당긴다.

뿌리칠 수가 없다.

'저놈이?'

사내에게서 흘러나온 기운 때문이다. 사내의 기운에 자신이 반응하고 있는 것이다.

놀라운 일이다.

하나 놀라고 있을 틈이 없다. 그 와중에도 거리가 가까워지고 있다.

가조양은 숨을 죽이고 사내의 얼굴을 살폈다.

각진 얼굴이라 그런지 사내다워 보인다.

얼굴 한쪽에 붉은 지렁이가 꿈틀거리고 있다. 분명 검상이다.

피와 죽음을 거친 자일 게다.

사내의 눈.

거친 야수의 그것처럼 냉혹해 보인다.

여차하면 사납게 물어뜯을 것 같다.

'무슨 놈의 눈빛이……'

생각을 접어야 했다.

너무 가깝다.

가조양은 슬쩍 한 걸음 비켜서고야 말았다. 결국 낯선 사내의 앞을 막지 못했다.

자존심 같은 것을 떠올릴 새도 없었다. 두 다리가 스스로 움직여 버렸다.

"여전하군!"

흠칫!

사내의 굵은 목소리에 가조양은 가슴이 서늘해지는 것을 느꼈다.

'날 알아? 누구지?'

*   *   *

십전철가(十全鐵家).

십전(十全)이란 말은 모든 것이 갖추어져 결점이 없는 완전무결한 것을 뜻한다.

그렇다면 십전철가에서는 그런 물건들을 만들어낼 수 있다는 것인가?

아니다. 절대 그렇지 않다.

십전철가의 현판을 올려다보고 있는 철혼은 그렇지 않다는 데에 목숨을 제외한 것이라면 그게 무엇이든 걸 수 있었다.

"십 년 만인가?"

나직이 중얼거린 철혼이 십전철가를 향해 성큼 걸음을 내디졌다.

묵빛 장포 안쪽으로 두 자루의 철곤과 한 자루의 칼이 철그럭 소리를 냈다.

땅! 땅! 땅! 땅!

일정한 간격으로 들려오는 망치질 소리.

십전철가 안으로 들어선 철혼은 십여 년 만에 들어보는 소리에 가슴이 아려오는 것을 느꼈다.

"누구십니까?"

시선을 돌려보니 웃통을 벗고 있는 장한이 흠칫 놀란다. 눈빛에 위축된 모습이다.

처음 보는 얼굴인 것을 보니 철혼이 이곳을 떠난 후에 들어온 모양이다.

철혼은 눈빛을 죽이며 입을 열었다.

"가주님을 뵙게 해주셨으면 합니다."

"약속을 하셨습니까?"

묻는 장한의 태도가 조심스럽다. 그나마 좀 전처럼 위축된 모습은 아니다.

"아는 분이라 인사나 드릴까 합니다."

인사는 누구나 한다.

살수들도 인사하러 왔다며 목을 베어 가곤 한다. 좀 전에 잠깐 보았던 눈빛이라면 그리하고도 남음이 있다.

장한의 시선이 철혼의 위아래를 살핀다.

'낭인 복장인데… 살수가 위장한 건가? 아니지, 굳이 낭인으로 위장하고 올 이유가 없잖아? 이곳에 무공을 아는 사람이 있는 것도 아니고 말이야. 그럼 진짜 낭인이라는 건데, 왜 왔을까? 아는 사이라고 했으니, 지나가다 푼돈이라도 얻어보려고 그러는 건가?'

장한의 고민이 길어졌다.

그러나 장한이 할 행동은 이미 정해져 있었다. 가주와 아는 사이라고 하니 내칠 수가 없다.

"이름이나 알려주십시오. 안에 여쭙겠습니다."

"철혼이라고 합니다."

당당히 이름을 밝히는 게 정말 아는 사이일지도 모르겠다.

장한은 고개를 끄덕였다.

"잠시만 기다리십시오."

"예."

철혼은 고개를 끄덕였고, 장한은 한 번 더 경계심을 내비친 후 가주의 집무실을 향해 달려갔다.

그리고 잠시 후.

오십 줄의 중노인이 맨발로 달려왔다.

웃는 눈매에 둥글납작한 코, 볼에는 살집이 가득했고 귓불이 두툼하니 늘어져 있어 전체적으로 후덕한 인상을 풍기고 있는 초로인.

그가 바로 십전철가의 가주 철중양이다.

철중양은 굳은 얼굴로 자신의 자리에 앉아 있었다.

무겁게 가라앉은 눈으로 허리를 깊게 숙이고 있는 철혼을 바라보았다. 가타부타 말 한마디 없이 그저 바라보기만 했다.

답답한 공기가 두 사람을 무겁게 내리눌렀다.

철혼은 침묵에 동화된 듯 미동조차 없다. 그 모습이 너무나 자연스러워 보인다. 말수가 적고, 입이 무겁다는 것을 알 수 있다.

결국 굳은 듯 다물어져 있던 철중양의 입이 벌어졌다.

"난 네 녀석이 돌아오지 않기를 바랐다."

"돌아와야만 했습니다."

철혼이 고개를 들었다.

붉은 검상이 자못 험악해 보인다. 어떤 길을 걸었을지 능히 짐작되었다.

철중양의 눈동자가 흔들렸다.

어쩌면 자신이 만들어준 상처일지도 모른다. 어린 나이임에도 불구하고 자신이 이곳에서 내보냈었으니까.

하지만 그때는 그것이 최선이었다.

살려야 했으니까.

하지만…….

철중양은 내심 고개를 저었다.

'그 방법밖에 없었을까?'

답이 없다. 있을 수가 없다.

그때의 일은 일어나지 말았어야 했고, 자신이 막을 수 있는 것도 아니었다.

"충분히… 각오를 하고 온 것이냐?"

"각오는 제 몫이 아니라 가주님 몫입니다. 피와 죽음이 이곳을 뒤덮을지도 모릅니다. 가주님께서는 진정 각오가 되어 있으십니까?"

되묻는 철혼의 얼굴이 차갑다.

거리감이 느껴진다.

"아니라면 어찌하겠느냐?"

"……."

말이 없다는 것은 부정이다. 자신과 상관없이 멈추지 않을 것임을 읽을 수 있다.

"변했구나!"

"변하지 않았다면 돌아오지 않았을 것입니다."

철중양이 고개를 끄덕였다.

그런 횡액을 당하고도 변하지 않는다면 사람이 아니겠지.

"네놈이 이렇게 돌아왔다는 건 충분한 준비가 되었다는 것일 터, 믿어도 되겠느냐?"

철중양의 물음에 철혼이 미소를 지었다.

눈부시도록 새하얀 미소다. 그래서 섬뜩하도록 차가워 보인다.

철혼은 품에서 무언가를 꺼내 내밀었다.

철중양이 그것을 내려다봤다.

"이건?"

철중양의 두 눈이 커졌다.

철혼이 내민 것은 철중양이 귀도림의 망나니와 오늘 작성한 계약서였다.

*　　　*　　　*

"여깁니다."

장한이 안내해 준 곳은 십여 년 전에 철혼이 머물던 방이었다.

서문 노인과 칠 년을 함께 보낸 곳이다.

철혼은 방문을 말없이 바라봤다.

문을 열어도 서문 노인을 만날 수는 없다. 세월이 흔적조차 남기지 않았을 것이다.

철혼은 손을 뻗어 문을 열었다. 그리고 안으로 성큼 들어갔다.

쾨쾨한 공기가 방 안을 채우고 있었다.

그 속에 서문 노인의 체취가 느껴지는 것 같다.

여기저기 서문 노인의 손때가 묻은 물건들이 십 년 전의 모습 그대로 남아 있다.

이 좁은 방 안에서 서문 노인과 생활했던 모습이 주마등처럼 스쳐 간다.

결코 잊을 수 없는 아련한 추억이다.

전장의 살기가 송두리째 잠식해 버린 몸이지만, 서문 노인

과 관계한 기억들은 결코 지워지지 않았다. 더불어 모든 걸 앗
아가 버린 그날의 참혹했던 기억 역시 마찬가지다.

"그들은 잊고 있겠지?"

평온에 젖은 자들은 잊게 마련이다.

가해자라면 특히 그런 법이다.

"잊었다면 생각나도록 만들어주마!"

차갑게 중얼거린 철혼은 곧 밖으로 나갔다.

서문공위지묘(西門工位之墓).

십전철가가 내려다보이는 언덕에 보잘 것 없는 작은 묘가
있었다. 철혼을 키우다시피 한 서문 노인의 묘다.

철혼은 십 년 만에 절을 올렸다.

절이 끝나자 탁주를 꺼내 묘에다 조금씩 부어주었다. 주향
이 가슴을 진탕시켰다.

철혼은 술병을 입으로 가져갔다.

꿀꺽!

몇 모금 남은 술이 그의 목구멍 저편으로 넘어갔다.

"나무라지 마십시오. 술은 함께 마셔야 제맛이라고 하셨잖
습니까."

휙!

빈 술병을 아무렇게나 뒤로 던졌다. 술병은 수풀 너머로 자
취를 감추었다. 누군가에게 발견될 때까지 제 모습을 잃지 않
는다면 또다시 술을 품을 수 있을 게다.

철혼은 그 자리에 벌렁 드러누웠다.

묘에서 풍겨온 술 냄새가 코끝을 자극했다. 입에 침이 고였다. 풀잎을 뜯어 잘근 씹는 것으로 주귀(酒鬼)를 억눌렀다.

운명이라는 놈 때문에 여기까지 왔다.

한때는 두려웠다. 참혹한 현실이 두려워 도망치고자 몸부림쳤다. 하지만 이제는 가소로울 뿐이다.

"어디서부터 건드려 줄까? 후후후!"

바람이 부는 것인가? 나직한 웃음에 대기가 출렁이는 착각이 일었다.

*　　　*　　　*

철혼의 귀향.

그것은 잔잔하던 호수에 돌멩이를 던진 것과 같았다. 적어도 십 년 전의 일을 기억하는 사람들에게는 그랬다.

그들은 철공이었던 서문 노인의 참혹한 죽음을 기억했다. 울부짖던 열세 살 철혼의 모습도 잊지 않았다.

당시에는 모두들 안타까워했고, 분개했다.

그럼에도 감히 나서지 못했다. 죽을까 봐 숨을 죽였다. 고개를 돌려 외면했다. 마음은 미친 듯이 요동쳤지만, 그들이 할 수 있는 건 아무것도 없었다.

열세 살 철혼은 서문 노인이 죽던 날 사라졌다. 그리고 세월이 지났다.

시간은 모든 걸 퇴색하게 만든다. 사람의 마음이라는 것 역시 마찬가지다.

모두들 분노와 안타까움을 조금씩 잊어갔다.

시간이 흘러 몸과 마음이 평온에 젖자 간사하게도 그런 일이 다시는 보고 싶지 않아졌다.

그 때문에 철혼의 복귀가 달갑지만은 않았다.

반가움과 분란을 일으키지 말고 사라져 주기를 바라는 마음이 반반이었다.

그러나 철혼의 뺨을 기어 다니는 붉은 지렁이와 묵빛 장포 안쪽으로 보이는 병기 때문에 말조차 붙이지 못했다.

그저 어색한 미소를 지어줄 뿐이었다.

철혼은 웃지 않았다.

마치 웃음을 모르는 사람처럼 표정을 보이지 않았다.

쇠를 다루는 연마장(鍊磨匠)인 고 노인과 감 노인, 불의 세기를 조절하는 소로장(燒爐匠)인 여 노인, 그리고 최씨 아저씨.

자신에게 철 다루는 법을 가르쳐 주고, 잘한다며 머리를 쓰다듬어 주던 사람들이다.

십 년 전에는 식구처럼 지내던 사람들이다.

하나 웃음이 나오지 않는다.

'지금은 아닐지도……'

사람들의 어색한 미소, 불안한 듯 흔들리는 시선.

철혼은 담담한 얼굴로 무시했다. 차가움으로 일관할 수도 있었지만, 서문 노인과의 관계를 생각해 한 번쯤은 고개를 숙여주었다.

"덩치를 보니 배곯지는 않았나 보군. 신경 쓰지 말고 밥이나 처먹어라."

변하지 않은 사람도 있다.

주방을 맡고 있는 왕씨 아저씨.

'이젠 왕 노인이라 불러야겠군.'

세월이 비켜가지 않은 모습이다.

하얗게 센 머리에 살집은 더욱 커졌고, 주름이 늘었다. 벌건 코에는 술기운이 가득했다.

철혼은 처음으로 웃었다.

"염병할 놈, 웃지 마라. 볼썽사납다."

왕 노인의 말에 손이 뺨으로 갔다.

처음엔 곧게 뻗었던 놈이 시간이 흐르자 볼살에 밀려 이리저리 흉측하게 몸을 틀었다.

· 눈가에서 시작하고 있어 언뜻 보면 피눈물을 흘리고 있는 것처럼 보인다. 얼굴 근육을 움직이면 지렁이처럼 꿈틀대기까지 한다.

'역시 많이 흉한가 보군!'

씁쓸한 느낌이 들었다. 그리고 등줄기를 훑는 듯한 당시의 짜릿한 통증이 불현듯 찾아왔다.

생사를 다투던 긴박한 순간이었지만, 이젠 아련한 추억일 뿐이다.

"할 거면 제대로 해."

문득 튀어나온 왕 노인의 말. 그걸로 끝이다. 어설프게 하려
거든 시작을 말라는 말을 하지 않는다.

'원하시는 건가?'

하긴 성질이 보통이 아니시긴 했다.

서문 노인이 죽던 날, 주방의 식도를 가지고 날뛰는 것을 사
람들이 간신히 붙잡았다.

철혼은 슬쩍 고개를 끄덕이며 묵묵히 식사를 했다.

왕 노인은 철혼이 식사를 마칠 때까지 곁을 지켜주었다.

"망할 놈!"

철혼은 욕설이 귀를 즐겁게 만들 수도 있다는 것을 처음 알
았다.

십전철가로 돌아와 처음으로 하는 식사였지만, 왕 노인이
있어서 생각보다 나쁘지 않았다.

"잘 먹었습니다."

"부족하냐?"

설혼이 깨끗이 비운 그릇을 보고 당장에라도 주방으로 달려
갈 기세였다

"더 먹었다간 배가 터져 죽겠습니다."

"망할 놈아! 농이라도 죽는다는 말은 입에 담지 마라."

"죄송합니다."

"죄송은 무슨, 알아들었으면 나가봐. 무인은 몸을 쉬게 하면
안 된다고 하니까, 가서 망치질이라도 도와주고 그래라."

"예. 그보다 화옥이가 보이지 않는 것 같습니다."

"아가씨는 바쁘다. 저녁때가 되어야 볼 수 있을 게다. 대체 어딜 그리 싸돌아다니는 건지."

모르겠다는 듯 고개를 젓는 왕 노인.

철혼은 더 궁금해졌지만, 입을 다물고 밖으로 나갈 수밖에 없었다.

＊　　　＊　　　＊

친우(親友).

성질이 모나고 외곬수가 아니라면 누구나 친구가 있게 마련이다. 철혼도 다르지 않다.

십 년 전 그 일이 있기 전까지는 그에게도 분명 친우라 부를 만한 사람이 둘 있었다.

한 명과는 해가 뜨고 가라앉을 때까지 붙어 다녔고, 또 한 명과는 늘 다투었다.

그중의 한 명, 죽마고우 같은 녀석을 만나기 위해 객잔에 들렀다.

화평객잔.

이 층으로 지어신 작지 않은 규모다.

철혼은 옛 기억을 떠올리며 객잔 이 층으로 향했다.

점소이가 따라붙었지만, 철혼의 분위기에 주눅이 들어 말조차 제대로 붙이지 못했다.

철혼은 창가의 자리에 앉았다.

저녁이 되려면 반 시진은 더 기다려야 할 시간이라 그런지 손님이 많지 않았다.

"이곳의 주인이 바뀌었나?"

철혼이 물었다.

점소이는 잠시 고개를 갸웃하더니 이내 허리를 조아리며 대답했다.

"소인이 알기로는 십 년 동안 바뀌지 않았습니다요."

"하면 우천이 그 친구가 아직 있겠군."

"예? 소주인을 아십니까요?"

"불러줄 수 있겠는가?"

"여부가 있겠습니까요, 잠시만 기다려 주십시오."

점소이는 넙죽 인사하고는 빠른 걸음으로 사라졌다.

철혼은 그 모습을 바라보다 곧 창가로 시선을 돌렸다.

거리가 보였다.

바쁘게 오가는 사람들.

거리는 늘 바빴나. 십 년 전에도 그랬고, 지금도 그렇게 보인다.

세상사가 다 그렇듯이, 먹고 사는 일이니 게을리할 수 없고, 그러다 보니 바쁠 수밖에 없다.

거리는 그런 사람들로 늘 바쁜 법이다.

한창 일할 시간에 객잔에서 여유를 부리는 이들은 돈이 넘쳐나거나 칼밥을 먹고 사는 부류뿐이다.

철혼 역시 칼밥을 빌어먹는 처지다.

그래서 늘 한가롭다. 하지만 죽음을 칼끝에 두고 살기에 마음까지 여유로운 건 아니다. 언제, 어디서 칼이 날아들지 모르기에 신경을 곤두세워야만 한다.

"찾으셨다고 들었습니다만?"

굵은 사내의 음성.

철혼이 돌아보니 말쑥한 차림의 사내가 보였다.

장신구는 보이지 않았지만, 제법 비싸 보이는 비단옷을 입고 있었다.

호기심과 궁금함을 잔뜩 담고 있는 두 눈의 위치가 무척 가까웠다.

얼굴이 가운데로 몰렸다고 놀리곤 하던 어렸을 적의 기억이 떠올랐다.

"앞만 보고 사니 돈 좀 모이더냐?"

무슨 말인가 싶어 인상을 쓰던 사내의 두 눈이 커진다.

―넌 눈이 가운데로 몰려서 한눈을 팔 수 없을 테니까, 뭘 하든 성공할 수 있을 거다.

철혼의 놀림에 기분 상해하던 양우천.

서문 노인은 양우천의 기분을 그렇게 풀어주곤 했다.

"혹시 철혼?"

"그 눈을 가지고도 사람 못 알아보는 건 여전하군."

양우천은 철혼의 말에 놀라는 반응을 보였다. 그러다 곧 철혼의 두 손을 덥석 잡았다.

"살아 있었구나!"

"네가 광동 최고 갑부가 되는 모습을 봐준다고 했을 텐데?"

철혼은 씩 웃어주었다.

억지로 짓는 웃음이 아니었다.

그래서인지 무척 자연스러웠다. 뺨의 흉터도 흉측하게 보이지 않았다.

"이놈… 정말 살아 있었구나!"

양우천의 눈시울이 붉어지고 있었다.

두 사람은 꽤 오랫동안 이야기를 나누었다.

주로 어렸을 적의 추억이 화두였다.

간간히 서문 노인에 관한 이야기가 나오면 말을 돌리기도 했다.

그러나 두 사람이 동시에 간직하고 있는 기억은 어릴 시절의 추억만이 아니었고, 서문 노인에 관한 이야기를 계속 돌릴 수도 없었다.

"그들은 여전하겠지?"

먼저 말을 꺼낸 건 철혼이었다.

아무렇지도 않다는 듯 자연스럽게 꺼냈지만, 양우천은 그럴 수가 없나 보다.

대번에 얼굴이 딱딱하게 굳어버린다.

하긴 광주 땅에서 사업하는 이들치고 그들의 눈치를 보지 않을 사람이 있을까?

아니, 광주 땅에 거주하는 모든 이가 그들의 눈치를 보고 살 터였다.

"하려고?"

조심스럽게 묻는 양우천의 눈길이 철혼의 허리춤으로 향한다.

칼자루가 삐죽 머리를 내밀고 있었다.

"말리고 싶냐?"

"당연히!"

생각할 것도 없다는 듯 곧바로 대답한다.

철혼은 그런 양우천을 물끄러미 응시했다.

전장에서 오랫동안 전전하다 보니 적들의 표정과 두 눈에 가득한 공포심을 읽게 되었다.

지금 양우천의 두 눈에 그 두려움이 드러나고 있다.

'객잔이라는 건가?'

객잔을 운영하자니 어떻게든 그들과 얽혀 있을 것이다.

또한 나이가 드니 두려움도 커졌겠지.

이해 못 할 바는 아니다.

그러나 이해할 수가 없다. 그러고 싶지도 않다.

"벌써 잊은 거냐?"

"아니."

"그런데도 말리겠다고?"

"산 사람은 살아야 하잖아."

“산 사람은 살아야겠다고?”

“서문 노야께서도 바라지 않으실 거다.”

“서문 노야께서 무슨 생각을 하고 계셨는지 아직 모르고 있는 거냐?”

“안다. 알아. 그래서 말리려는 거다. 그게 어디 몇 사람의 힘으로 할 수 있는 일이냐? 네가 움직이면 주변이 다칠 거다. 그러니까 하지 마라.”

“진심이냐?”

“그래.”

“서문 노인의 죽음은… 개죽음이었던 거군.”

서문 노인은 광주 땅의 군소상인들을 대변하다 처참하게 살해되었다. 그걸 잘 아는 철혼이기에 양우천의 모습에 실망감이 무척이나 컸다.

철혼은 자리에서 일어났다.

칼자루와 철곤이 사납게 딸그락거렸다.

당황하여 따라 일어나는 양우천. 그러나 철혼은 뒤도 안 돌아보고 가버렸다.

찬바람이 확 느껴질 정도였다.

“…그들은 누구도 건드릴 수 없게 되었다. 광주의 주인이나 마찬가지다. 그러니까 그냥 포기해라.”

양우천의 입에서 미처 하지 못한 말이 안타깝게 흘러나왔다.

객잔 밖으로 나온 철혼은 이 층을 올려다봤다.

"도와주지는 못하지만, 응원이라도 하겠다고 말했어야 했다."

이건 무인들의 싸움이다.

하니 무공을 모르는 이들에게 도움을 바라지는 않는다.

하지만 양우천처럼 힘 빠지는 말을 한다면 그건 적을 도와주는 꼴이나 마찬가지다.

그런 게 아니라고?

그럼 뭐란 말이냐?

이토록 가슴이 답답하거늘.

십전철가의 사람들도 그렇고 양우천도 그렇다.

아니, 거리의 사람들도 마찬가지다.

뭔가를 잃어버린 모습들이다. 생기가 느껴지지 않는다. 자신들의 삶이거늘 그저 숨을 쉬고 자리만 지키고 있다.

그건 사는 게 아니다.

그저 살아지고 있는 것뿐이다.

전장의 살귀들도 이와 같이 살지 않는다. 적어도 그들은 생기가 넘쳐난다. 살고자 하는 의지로 적을 죽인다. 자신들의 삶을 지키고 이어가고자 악착같이 죽인다.

삶은 그래야 한다.

내 것을 지키기 위해 부딪칠 줄 알아야 한다. 결코 물러나지 말아야 한다. 그래야 살고 있다고 말할 수 있다.

그렇지 않다면 죽은 삶이다.

서문 노야가 은거를 포기한 건 그래서다.

저들의 삶을 지켜주고 싶어서다.

하지만 서문 노야는 처참한 죽임을 당했고, 광주 사람들은 그런 서문 노야의 뜻마저 외면하고 있다.

"대체 누굴 위해 그리하신 겁니까?"

서문 노야를 떠올리며 물었다.

그러나 머릿속의 서문 노야는 흐뭇하게 웃어줄 뿐이다.

그런 서문 노야를 잔인하게 난도질하는 그들의 모습이 순식간에 겹쳐 보인다.

"그날의 일을 후회하고, 후회하고, 또 후회하도록 만들어주마!"

치미는 살의를 빠드득 씹어 삼켰다.

맘껏 폭발할 날을 생각하며 걸음을 옮겼다.

십전철가로 돌아가는 길은 마음만큼이나 어두웠다.

초서닉임에도 거리는 한산했고, 개 짖는 소리만 간간히 들려왔다.

거리를 벗어나 한적한 길을 걸었다.

십전철가는 쇠를 두들기는 소리가 늘 요란한 곳이라 번화가에서 멀찍이 떨어져 있었다.

건물들이 사라지고 가끔씩 길을 밝혀주던 십전철가와 가장 가까운 객잔의 유등마저 보이지 않자 거리는 더욱 어두웠다.

짧은 사이에 어슴푸레하던 것이 완연한 어둠으로 가득했다.

문득 밤하늘을 올려다보니 달이란 놈이 찌그러질 대로 찌그
러져 제구실을 못하고 있다.

어둠은 사방을 잡아먹고 있는데, 달빛은 제대로 닿지도 않
았다.

"달빛 따위는……."

필요 없다. 없어도 무방하다.

어둠 따위는 자신에게 장애가 되지 못한다.

자신은 어둠속에 존재하고, 어둠조차 찢어발기는 마물, 혹
수라이기 때문이다.

잠시 후, 십전철가에 당도한 철혼은 무언가에 이끌리듯 한
곳으로 향했다.

무척 익숙한 길이다.

십 년이 아니라 백 년이 지나도 잊을 수 없는 길이다. 피와
살을 주지는 않았지만, 부친처럼 여기던 분의 거처로 향하는
길이거늘 어찌 잊을 수 있겠는가.

이윽고 철혼이 걸음을 멈추었다.

어둠이 철 가주의 집무실을 무겁게 짓누르고 있다. 문틈으
로 흘러나오는 불빛이 너무 위태롭게 느껴진다.

문득 저 어둠을 서두어주고 싶다는 생각이 든다. 철 가주와
십전철가를 괴롭히는 모든 것을 일거에 베어버리고 싶다.

그렇게 할 생각이다.

그렇게 하려고 돌아왔다.

철혼의 가라앉은 시선이 어둠을 응시하고 있었다.

＊　　　＊　　　＊

“그놈이 돌아온 모양입니다.”

“그놈?”

“십전철가의 아이 말입니다.”

“십전철가라면… 서문 노인의 그 아이 말인가?”

“예.”

“무공은?”

“칼을 가지고 돌아왔답니다. 그리고 분위기가 상당한 모양입니다.”

“서문 노인의 도법을 제대로 익혔다면 그럴 테지.”

“어찌할까요?”

“시험해 보라고 하게.”

“시험이라면?”

“몇 놈 보내서 건드려 보라는 것이네. 별거 없으면 조용히 묻어버리고, 심상치 않다 싶으면 놔두라 이르게. 독 오른 놈이 실력까지 갖췄다면 조심해야 하는 법, 그런 놈은 제대로 함정을 파서 잡아야 하네. 서문 노인처럼 말이네.”

“알겠습니다.”

2장

돈 받으러 왔습니다

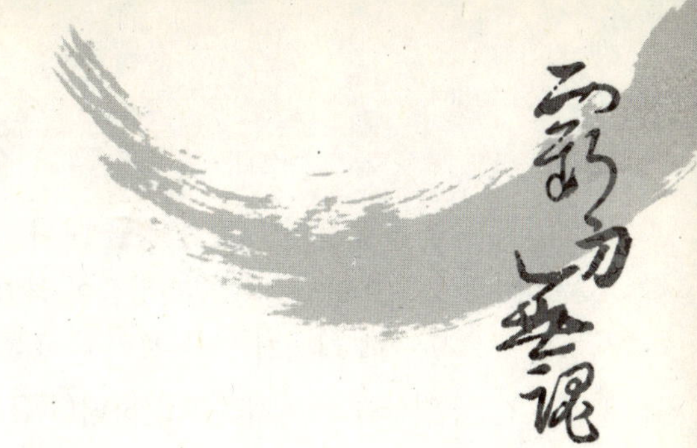

"오빠!"

아침 식사를 하려고 식당으로 향하는 길에 그녀가 기다리고 있었다.

적당히 요염해 보이는 붉은 입술과 우뚝 선 콧날, 그리고 시선을 잡아끄는 새까만 눈동자.

화려해 보일 정도는 아니지만, 시선을 잡아끄는 매력이 가득했다.

'화옥!'

어려서 십전철가로 오면서 처음으로 생긴 너무나 사랑스러운 여동생. 누구보다 예뻐해 주었고, 누구보다 지켜주고 싶은 여동생 철화옥이었다.

두 눈에 눈물이 그렁한 것을 보니 자신이 돌아왔다는 말을 이제야 듣고 한달음에 달려왔음이 역력했다.

어렸을 때 헤어진 데다 십여 년이 흘렀으니 어색할 만도 하건만, 얼굴을 뚫어져라 확인하더니 금세 집 나간 오빠를 맞이하듯 자연스럽기 짝이 없다.

"돌아온 거야? 돌아온 거지?"

"그래, 돌아왔다."

철혼의 말에 기어코 눈물을 흘린 철화옥이 와락 껴안았다.

"보고 싶었어. 정말 보고 싶었단 말이야!"

울먹이는 철화옥.

철혼은 그녀의 등을 쓸어주며 어린 시절의 추억을 떠올렸다.

―난 어른이 되면 오빠한테 시집갈 거야.

―멍청아, 오빠한테 시집가는 동생이 어딨냐?

―안 되는 거야?

―당연하지.

여섯 살의 기억이다.

울음을 터뜨리던 그녀를 달래느라 서문 노야의 쌈짓돈을 훔쳐 당과를 사주어야 했다.

피는 섞이지 않았지만, 친누이처럼 생각했다.

누구보다 아껴주었고, 언제나 지켜주고 싶었다.

─화옥아, 난 열일곱 살이 되면 호북성으로 갈 거다.

─호북성?

─응, 그곳에 영웅맹(英雄盟)이 있거든.

─진짜 무인이 될 생각이야?

─두고 봐. 천하제일인이 되어서 서문 노야의 무공이 최고라는 걸 세상에 알려줄 거다.

열셋의 나이.

몹시 불안한 표정을 짓는 철화옥의 두 손을 꼭 잡아주었다.

─오빠, 죽지 마. 꼭꼭 숨어서 살아.

─반드시 돌아올 거야. 돌아와서 모조리 죽여 버릴 거야.

─오지 마. 오면 오빠도 죽어.

─안 죽어! 안 죽을 테니까, 두고 봐!

십전철가를 떠나던 날.

그날의 기억은 꿈으로 자주 떠올리곤 했다.

지옥 같은 나날을 버틸 수 있었던 건 꺼지지 않는 복수심과 반드시 돌아가겠다는 집념 덕분이었다.

"얼굴이 이게 뭐냐, 칠칠치 못하게……."

"험악하니?"

"응. 그럭저럭 봐줄 만한 얼굴이… 괜찮아. 오빠니까 괜찮다고 봐줄게!"

낯설 것이다. 차가울 것이다. 말은 괜찮다고 하지만 상당히 험악할 것이다.

그럼에도 스스럼없이 굴며 어색하지 않게 해준다.

생각보다 활달하고, 마음이 따듯하게 성장했다.

반갑고 고마운 일이다.

마음이 놓인다.

지금의 어려움만 거둬주면 밝게 살아갈 것이다.

"오빠, 밥 먹어야지?"

"그래. 같이 먹자."

"아냐, 난… 그것보다 바빠? 아, 바쁘겠지."

철화옥의 얼굴이 시무룩해졌다.

말은 하지 않고 있지만, 철혼이 복수를 하기 위해 돌아왔다는 걸 잘 알고 있기 때문이다.

"오늘은 너랑 함께 있고 싶은데, 괜찮을까?"

"정말?"

금세 얼굴이 밝아진다.

눈가에는 아직도 눈물자국이 선명해서 묘한 느낌이다.

"시간 많이 안 뺏을게. 내가 어떻게 지내는지 보여주고 싶어서 그래."

"그래, 나도 궁금하다."

"밥 먹고 와. 내 방에서 기다릴게."

그러고는 잠깐 아쉬운 표정을 짓더니, 이내 등을 돌리고 간

다. 저만큼 가다가 돌아서서 손을 흔들고, 또 저만큼 가다 돌아
본다.

'녀석!'

잠시 후, 철혼이 식당 안으로 들어서자 식사를 하던 사람들
이 모두 동작을 멈추고 바라봤다.

시선마다 경계의 빛이 완연했다. 거리감이 느껴졌다. 결코
좁힐 수 없는 거리감이다.

철화옥 덕분에 따스해졌던 가슴이 차갑게 식어버렸다.

십여 년의 간극이 이리도 컸던가?

서문 노야의 발자취가 저들에겐 십 년의 값어치도 안 된단
말인가?

'누굴 위해 그리하신 겁니까?'

철혼은 서문 노인에게 물었다.

그러나 머릿속의 서문 노인은 그저 웃어줄 뿐이다.

포근하고 따뜻한 미소다. 하지만 자신한테만 지어주는 미소
가 아니기에 더욱 부아가 치민다. 식당 안의 모두에게 그와 같
은 미소를 보여주었다.

가속이라 여기기 때문이다.

가족.

저들도 그리 여겼을까?

"뭐해? 왔으면 자리에 앉지 않고?"

왕 노인의 호통이다. 변하지 않았음을 충분히 느낄 수 있다.

그나마 위안이 된다.

사람들과 떨어진 자리에 앉았다.

잠시 기다리니 왕 노인이 밥과 찬을 잔뜩 담아서 가져왔다.

"남기지 말고 전부 처먹어! 큰일 하려면 배가 든든해야 하는 법이다."

"잘 먹겠습니다."

진심에서 우러나온 말이다.

원래 소식하는 편이지만, 조금도 남기고 싶지 않다.

입안에 한가득 떠 넣고, 적들의 생살을 씹듯 으적으적 씹어 댔다.

치미는 부아를 그렇게 풀고자 했다.

하지만 이것만으로 풀어질 리가 없다. 그렇다고 고함을 지르고 폭력을 행사할 수도 없으니, 보아도 못 본 척 꾹 눌러 참을 수밖에.

한동안 음식을 씹어대는 소리만이 들렸다.

지금 할 일은 먹는 것뿐이라는 듯 열심히 먹었다. 그러나 왕 노인이 가져다 준 양이 상당히 많았고, 대충 씹는 철혼이 아니었기에 먹는데 시간이 걸렸다.

"서문 노인은 이곳 광동에서 몇 손가락에 꼽히는 고수일 거라는 말을 들었다. 넌 어떠냐?"

그런 고수임에도 죽음을 면치 못했다는 뜻이고, 서문 노야보다 더 강하냐고 묻는 것이다.

철혼은 마지막 숟가락까지 깨끗이 먹어치운 후 왕 노인을 똑바로 쳐다봤다.

"밥값은 할 겁니다."

"충분히?"

"예, 충분히."

"알겠다. 먹고 싶은 게 있으면 뭐든 말만 해라. 사람 고기 빼고 뭐든 잡아주마!"

"그렇게 하겠습니다."

왕 노인이 가져다 준 음식을 남김없이 먹어치우고 자리에서 일어나자 식당 안의 사람들이 흠칫하며 고개를 돌렸다.

진즉 먹었음에도 자리에서 일어나지 않고 있었다.

"뭣들 하고 있어? 다 처먹었으며 나가서 일하지 않고!"

왕 노인의 목소리가 쩌렁 울렸다.

적어도 이곳에서만큼은 왕 노인이 무소불위의 지배자였다.

쭈뼛거리며 밖으로 나가는 사람들.

식당 안이 텅 비자 철혼은 왕 노인을 바라봤다.

"잘 먹었습니다."

"오늘 저녁은 꼭 이곳에서 먹어라. 네놈 주려고 십 년 전에 담가둔 술이 있다."

"그렇게 하겠습니다."

십 년 전에 담가두었다는 말에 가슴이 울렸다.

하나 감사하는 표현을 달가워할 왕 노인이 아님을 알기에 대수롭지 않은 듯 식당 밖으로 나갔다.

"가주님께서 찾으십니다."

건장한 장한이 식당 밖에서 기다리고 있었다. 이곳에 오자마자 처음 본 장한이었다.

"어디에 계십니까?"

"집무실로 오라고 하셨습니다."

"알겠습니다. 감사합니다."

철혼은 곧 철중양을 찾아 그의 집무실로 향했다.

철중양은 무거운 표정을 짓고 있었다.

세상의 온갖 고뇌를 혼자 짊어진 얼굴이었다.

"화옥이는 만나보았느냐?"

"잘 컸더군요. 감사합니다."

"내 딸이다."

"제 동생이기도 합니다."

"다른 마음은 없고?"

"……?"

"네가 원한다면 둘이 광주를 떠나 살 수 있게 해주마."

"화옥이는 제 동생입니다."

"복수 때문이냐?"

"제가 가장 행복했던 순간은 어렸을 때 이제부터 화옥이가 네 동생이라고 가주님께서 말씀하신 순간입니다. 그 순간을 단 한 번도 잊어본 적이 없습니다."

"그러하냐?"

철중양의 얼굴에 아쉬움이 스쳐 갔다.

하나 고개를 숙인 철혼은 보지 못했다.

잠깐 동안 서먹한 기운이 흘렀다.

철중양은 아쉬운 눈길로 철혼을 응시하다 이내 마음을 잡았는지 자세를 고쳐 앉으며 물었다.

"어떻게 할 작정이냐?"

"모르시는 게 좋습니다."

철중양의 얼굴에 염려의 빛이 떠올랐다.

철혼이 어떻게 할지 모르니 더욱 불안해진 것이다. 혹여 무작정 쳐들어가는 건 아닌지, 그랬다가 서문 노인의 전철을 밟는 건 아닌지 몹시 걱정이 되었다.

"마지막으로 물어보마. 할 수 있겠느냐?"

"제가 돌아왔습니다. 무엇을 묻고자 하십니까?"

한다고 했으면 하고야 마는 고집불통 같은 성격임을 잘 알지 않느냐는 뜻이다.

"그들은 과거보다 배는 더 무서워졌다."

"잘 알고 있습니다."

"알고 있어?"

"서문 노야를 그렇게 만든 자들에 대해서는 누구보다 더 잘 알고 있습니다."

"아는 정도로는……."

소리치던 철중양은 불길이 이는 듯 일렁이는 철혼의 눈빛에 말을 잇지 못하고 안으로 삼켜야 했다.

"부담스러우시면 이곳을 나가겠습니다."

“그럼 나가거라.”

기다렸다는 듯이 말하는 철중양.

철혼은 잠시 바라보다 자리에서 일어났다.

그때 철중양이 무언가를 탁자 위로 내던졌다.

철혼이 바라보니 그건 한 권의 얇은 서책이었다.

“저들이 체불한 내역을 기록해 두었다. 한 푼도 남김없이 모조리 받아낼 자신이 있다면 가져가거라.”

철중양의 각오다.

나가라고 한 말은 그냥 해본 말이다. 그 대신 확실하게 할 자신이 있거든 가져가라고 말하고 있다.

철혼은 철중양을 바라보다 조심스런 손길로 서책을 집어 들었다.

“언제 시작하려느냐?”

“오늘부터 시작하겠습니다.”

“알겠다.”

그것으로 두 사람 간의 대화가 끝났다.

철혼은 정중히 포권한 후 밖으로 나갔다.

밖으로 나온 철혼은 약속대로 철화옥을 찾아갔다.

“밥은?”

“먹었다.”

“많이 먹었어?”

“왕 노인께서 많이 주셔서…….”

"어디 봐."

다짜고짜 철혼의 배를 매만지는 철화옥.

꽉 들어찬 철혼의 배를 만져보더니 장난스레 웃는다.

"얼굴만 아니라면 어디에 내놔도 손색이 없겠네."

"사내 낯짝은 잘생겨 봐야 쓸모없다."

"이왕이면 잘생긴 게 좋지."

"얼굴값 하느라 바람피우면 어떡하고?"

"모두가 그런 건 아니잖아?"

"꽃이 있으면 벌과 나비들이 날아들 듯, 잘생긴 사내에겐 여인들이 꼬이게 마련이다. 아흔아홉 번을 참아도 한 번을 참지 못하면 그게 바로 통정이고 바람이 된다."

"그럼 못생긴 사내하고 살라는 거야?"

"사내다운 놈하고 살면 된다. 내가 그런 놈을 찾아주마."

"피이! 시집갈 생각은 눈곱만큼도 없으니까, 헛수고 마세요."

"그거야, 두고 보면 알겠지. 그건 그렇고 저건 뭐냐?"

철혼이 가리킨 곳에 큼지막한 광주리가 있었다.

냄새로 보아 아침 식사거리로 몇 가지 요리가 담겨 있는 모양이었디.

"내 아침이야."

십 인분은 충분히 되고도 남을 것 같은 광주리를 보며 철화옥이 씩 웃었다.

반 시진 후, 철화옥이 철혼을 데려간 곳은 광주 외곽에 위치
한 빈민가였다.

움막집과 판잣집이 더덕더덕 붙어 있는 곳이었는데, 그 중
심지에 제법 널찍한 공터가 있었고, 공터 한쪽에 마치 이곳 빈
민가의 회관이라도 되는 양 큼지막한 판잣집이 지어져 있었
다.

"누나!"

"우엥! 화옥 언니다! 소진이 너 언니한테 이른다고 했지? 언
니!"

철화옥이 도착하기가 무섭게 십여 명의 아이가 쏟아져 나왔
다.

철화옥은 환하게 웃으며 아이들을 맞았다.

"모두 잘 잤니? 진아는 소진이가 또 장난쳤구나? 비아는 또
세수 안 했지? 얼른 갔다 와. 안 그럼 아침 안 줄 거야."

"씨이! 먼저 먹으면 안 돼요."

"알았어. 오빠, 그거 이리 줘."

철혼이 광주리를 내밀자 제법 묵직한 것을 아무렇지도 않게
번쩍 받아드는 철화옥.

"금방 올 테니까, 잠깐만 있어."

철혼에게 기다리라고 한 철화옥은 한 손으로는 큼지막한 광
주리를 든 채 다른 손으로는 가장 어려 보이는 아이의 손을 잡
고 공터의 양지바른 곳으로 향했다.

그런 철화옥을 아이들이 치맛자락을 잡아가며 우르르 따라

갔다.

"오빠라고 하는 걸 보니 십 년 만에 돌아오신 분이로군요."

늙수그레한 음성이 들려왔다.

철혼이 돌아보니 얼굴에 주름이 가득한 여승이 부드러운 미소를 지으며 합장하고 있었다.

철혼은 공손히 포권했다.

"철혼이라 합니다. 화옥이가… 힘이 좋군요."

늙은 여승, 노비구니의 얼굴에 당황한 기색이 떠올랐다. 하나 곧 철혼의 위아래를 살피더니 알겠다는 듯 고개를 끄덕이며 아이들에게 둘러싸여 있는 철화옥에게로 시선을 돌렸다.

"육 년 정도 되었으니, 열네 살쯤이었을 겁니다. 저 아이가 스스로 찾아왔더군요. 하나뿐인 오빠가 살생의 길을 걸을 거라며 울더군요. 그러면서 하는 말이 복수는 오빠의 선택일 뿐이지, 오빠의 잘못이 아니다. 자기의 그런 생각을 하늘도 알아주었으면 좋겠다. 지성이면 감천이라고 하니 자신이 성심을 다해 불쌍한 사람들을 돌보겠다고, 그리하면 하늘도 오빠의 길을 인정해 주지 않겠냐고."

그렇게 말한 노비구니가 철혼을 돌아봤다.

"생각이 깊은 아이지요. 천성이 밝아 아이들도 저렇게 잘 따르더군요."

철화옥의 나이 올해로 스물이다.

그럼에도 저토록 밝고 천진한 면까지 보이는 건 오랫동안 아이들과 함께 지내서일 것이다.

"가난한 사람들은 자주 아픕니다. 일을 나가면 아이들을 돌보지 못하지요. 병자들을 돌보고, 부모의 빈자리를 채워주려면 정말 힘이 많이 든답니다. 화를 가라앉히고 피로를 덜어주는 호흡법이라고 하니 아주 열성적으로 배우더군요."

모든 무공의 근간이 되는 건 심법이다.

호흡을 통해 외부의 맑은 기운을 몸 안으로 받아들이는데 이것을 운기(運氣)라 하고, 그렇게 받아들인 기운을 몸 구석구석을 돌게 하여 몸 안의 탁기를 배출하는데 이를 행공(行功)이라 한다.

그렇게 몸을 한 바퀴 돌면 그것을 주천(周天)이라 하는데, 이때 어떤 경로로 도느냐에 따라 소주천(小周天)과 대주천(大周天)으로 분류된다.

주천한 기운은 아랫배에 있는 하단전에 쌓는다. 이를 축기행공(築氣行功)이라고 한다.

이때 처음 받아들인 외부의 기운이 어떤 성질이고, 시전자의 의지와 어떤 경로를 거쳤느냐에 따라 내기의 성질이 결정된다.

불공(佛功), 도공(道功), 빙공(氷功), 마공(魔功), 뇌공(雷功), 패공(覇功), 독공(毒功)…….

철화옥은 일종의 불공(佛功)을 익혔고, 그것을 권장지각이나 병기를 통해 표출하는 방법을 배우지는 않은 상태였다.

"저 상태로 둘 생각입니까?"

철혼이 물었다.

지금 철화옥의 상태는 무공을 익힌 것도 아니고, 익히지 않은 것도 아니다.

노비구니의 정체가 뭔지는 모르나 철화옥의 상태로 봐서는 상당히 고절한 심법을 가르친 게 분명하다.

그래서 위험하다.

강호무림에는 상대의 내력을 뽑아내 자신의 것으로 만드는 사악한 흡정술이 존재하기 때문이다. 흡정술을 익힌 무리에게 철화옥은 무척 좋은 먹잇감이다.

"화를 피할 수 있는 걸음 정도는 가르칠 생각이니 염려 놓으셔도 될 겁니다."

노비구니가 웃으며 대답했다.

철혼 역시 알겠다는 듯 고개를 끄덕였다.

정식으로 스승과 제자의 연을 맺지 않은 것 같았지만, 그건 자신이 관여할 일이 아니었다.

그러는 사이 아이들과 함께 식사를 마친 철화옥이 이쪽으로 다가왔다.

"오늘도 인사가 뒷전이네요. 밤새 강녕하셨어요?"

"순서가 중요한 게 아니니 개의치 말거라."

철화옥이 배시시 웃으며 멋쩍어 하자 노비구니가 인자한 미소를 보이며 그같이 말했다.

"오빠, 인사했어? 나한텐 스승 같은 분이시고, 이곳 사람들에겐 없어서는 안 될 어버이 같은 분이셔."

"그래. 인사드렸다. 그리고 네가 이렇게 좋은 곳에서 지내는 걸 보니 마음이 놓인다. 고맙다.”

“에, 고마워?”

“그래. 잘 지내주어서 고맙다.”

자신을 생각해 주어서 고맙다는 말을 돌려서 말하는 철혼.

하지만 이곳에 계속 있자니 흑수라의 독기가 옅어질까 걱정이 되었다.

“식당에서 나오자마자 가주님을 뵈었었다.”

“아빠를?”

“그래. 이만 가보아야겠다.”

“그래……”

어두워지는 철화옥의 표정.

철혼은 못 본 척하며 노비구니에게 정중히 포권했다.

“또 뵙기를 기대합니다. 그럼.”

철혼은 철화옥을 돌아본 후 왔던 길을 따라 가버렸다.

철화옥은 철혼의 모습이 보이지 않을 때까지 지켜보았다.

“네 말대로 정말 특출 난 시주로구나.”

“예. 어려서도 한 번 한다고 한 건 반드시 해냈거든요.”

“너무 걱정 말거라. 기운이 차분한 걸 보니 무분별할 것 같지는 않구나.”

철화옥과 헤어진 철혼은 빈민가를 벗어나기도 전에 걸음을 멈추어야 했다.

비좁은 골목을 꽉 채우고 있는 자들.

앞쪽의 한 놈은 쪼그리고 앉아 있고, 세 놈은 뭔가를 수군거리고 있다.

앉아 있지만 언제라도 튀어 오를 수 있는 자세였고, 뭔가를 속닥거리고 있는 놈들의 손은 뭔가를 감추고 있다.

하지만 어설프다.

족쳐 보지 않아도 알 수 있다.

이쪽을 떠보고자 보낸 놈들일 터.

저들을 보낸 자들은 더 어설프다. 겨우 저 정도로 뭘 알아낼 수 있을까?

좋다. 뭔가를 알고 싶다면 제대로 보내라고 경고를 해주마.

마음을 정하고 다가갔다.

열 걸음의 간격이 일곱 걸음이 되고, 일곱 걸음이 다섯 걸음 그리고 세 걸음이 남았다.

그래도 예사로운 놈들이 아닌지 섣불리 달려들지 않는다.

앞에 쪼그리고 앉아 있던 놈이 슬쩍 비켜준다.

뒤쪽의 세 놈도 이제야 발견했다는 듯 양쪽으로 갈라선다.

자신들 사이를 지나가라는 뜻이다.

씩 웃으며 걸었다.

쪼그리고 앉아 있는 놈을 시나지고, 양쏙으로 갈라선 세 놈의 사이를 지나가려는 순간이다.

우측 놈이 손을 뻗는다.

날이 시퍼런 단도가 쥐어져 있다.

동시에 좌측의 두 놈 역시 단도를 찔러온다. 한 놈은 옆구리를 찔러오고, 또 한 놈은 아랫배를 찌르고 있다.

쪼그리고 앉아 있던 놈 역시 튀어 오른다.

놈의 수중에는 손도끼가 들려 있다. 일도양단의 기세로 머리통을 찍고 싶어 한다.

손이 세 개가 아닌 이상 칼침을 벗어날 수 없다. 칼침을 피해도 도끼를 피할 수 없다.

그게 놈들의 계산일 터.

하지만 틀렸다.

좌측 놈이 단도를 꺼내 내미는 순간 좌수를 뻗어 놈의 손목을 움켜잡았다. 그리고 지체 없이 한 걸음 움직이며 팽이처럼 한 바퀴 휘돌자 ‘우드득!’ 소리가 들린다. 손목뼈가 부러지는 소리다.

동시에 우측 놈들의 단도가 옷자락 하나 건들지 못하고 비껴 난다. ‘악!’ 하는 비명과 함께 손목을 붙잡힌 놈이 확 끌려와 두 놈과 뒤엉킨다.

이때 쭈그려 앉아 있다가 허공으로 튀어 오른 놈의 도끼가 머리를 쪼개려 든다.

허공을 향해 좌수를 뻗었다. 손도끼가 왼손에 붙잡힌 놈의 손목을 깨끗하게 잘라 버린다.

“크악!”

비명이 터진다.

자신의 도끼가 동료의 손목을 잘라 버린 것에 당황하는 놈을 향해 좌수를 뻗었다. 깨끗하게 잘린 손이 쥐고 있는 단도가 당황하는 놈의 가슴을 파고든다.

‘푹!’ 소리와 함께 놈이 돌처럼 굳는다.

그제야 몸의 중심을 잡은 두 놈이 화급히 단도를 찔러온다.

왼손으로 잡고 있던 손목을 비스듬히 빠르게 그어대자 두 놈의 손목이 깨끗하게 잘려 나간다.

“크헉!”

“으학!”

비명을 토하는 놈들.

왼손을 한 번 휘두르자 놈들의 목줄이 잘리며 핏물이 쏟아진다.

푹!

동료의 손도끼에 의해 손목이 잘린 놈의 심장을 찔렀다.

자신의 손에 쥔 단도가 자신의 가슴을 찌르고 있는 광경을 확인하더니 뻣뻣이 뒤로 넘어간다.

수 번의 동작이 연이어졌지만, 실상은 순식간에 벌어진 일이다.

병장기를 뽑지도 않았고, 왼손으로만 처리했다.

이들을 보낸 자는 아무것도 알 수 없을 것이다.

똑똑하다면 이것이 경고라는 것을 알 수 있을 터. 경고라는 걸 알기에 더욱 격분할 것이다.

감히 어쩌고, 감히 저쩌고 하면서 말이다.

자신의 능력을 과신하는 자들은 두 눈으로 직접 보기 전에는 상대를 쉬이 인정하지 않는 법이니까.

어쨌거나 저들이 발 빠르게 움직이고 있다. 하니 이쪽도 화
답을 해줄 필요가 있다.

철혼은 품에서 장부를 꺼내 펼쳐 보았다.

철중양이 체불한 내역이라며 건네 준 장부였다.

"장부까지 있으니 더 수월해졌군."

중얼거리는 철혼의 입가가 잔뜩 말려 올라갔다.

웃고 있는 것이다.

저들의 횡포가 저들의 목줄을 죌 올가미가 될 터이니, 웃음
이 절로 나왔다.

"자, 그럼 가볼까?"

철혼은 곧 걸음을 옮기기 시작했다.

장포 안쪽에서 두 자루의 철곤과 칼자루가 부딪치며 철그럭
소리가 났다.

전장의 살귀, 흑수라의 걸음을 알리는 소리였다.

철그럭! 철그럭!

묵빛 장포를 걸친 낯선 무인이 거리를 활보하자 거리의 사
람들은 끼리끼리 모여서 낯선 이의 정체에 대해 수군거렸다.

"누구지? 인상 한번 험악하구만."

"목소리 낮추게. 그러다 들으면 어쩌려고 그러는가?"

"헙! 컸는가? 들었을까?"

당연히 들었다.

무경이 상당한지라 보통 사람에 비해 오감이 극도로 발달한

철혼이었다.

그러나 이런 일로 인상을 쓸 철혼이 아니었다. 상대가 적이 아니라면 어지간한 욕설까지도 한 귀로 듣고 한 귀로 흘릴 정도의 인내심을 가졌다.

철혼은 못 들은 척 묵묵히 걸었다.

십 년 만에 걸어보는 번화가였다.

간간히 보이는 낯익은 얼굴들, 사람들의 쑥덕거림. 이상하게도 아무런 감흥을 주지 못했다.

그만큼 많이 변한 것인가?

내가? 아니면 이 거리의 사람들이?

문득 걸음을 멈추었다.

흠칫 놀라는 사람들의 반응.

약육강식은 어디에나 있다. 무인들에게만 통용되는 말이 아니다. 사람들이 몸소 보여주고 있다.

저들은 변하지 않는다. 강자에겐 늘 약할 수밖에 없다.

변한 건 나다.

강자의 향기가 날 거다.

그러니 저런 반응을 보이는 거다.

피식!

웃어준다.

왼손으로 뒷짐을 진다. 그리고 다시 걷는다.

때로는 거만하게 보일 필요가 있다.

저 사람들에겐 미안하지만, 그들에게 보여주기 위해서는 이렇게 해야 한다.

강자니까.

육식동물을 잡아먹는 포식자니까.

죽음의 향기를 조금씩 보여주어 거치적거리는 걸음을 줄일
필요가 있다.

철마방(鐵馬幇).

마방이자 흑도 방파다.

민초들을 등치고, 화류 여인들에게 빌붙고, 배수와 도둑 등
하오잡배들을 관리하는 흑도인은 도시마다 넘쳐난다.

무인이란 작자들, 각 지방을 아우르는 무파들은 충분한 힘
이 있음에도 그들을 내치지 않는다. 보지도 듣지도 못 한 듯
방치한다.

돈이 들어오기 때문이다.

흑도인들은 무인이라는 작자들이 할 수 없는 온갖 더럽고,
추악하고, 잔인한 방법으로 돈을 긁어모은다. 그리고 일부를
상납한다. 일부라고는 하지만 군소문파를 먹여 살리고도 넘칠
금액이다. 흑도인들을 몰아낼 수 없는 이유가 거기에 있다.

철마방이 이곳 광주의 흑도를 평정한 지 오래다.

십오 년이 더 지난 일이다.

철마방의 방주는 광주, 아니, 광동성 밖에서 들어온 외지인
이다. 그런 그가 광주의 흑도 세계를 평정할 수 있었던 건, 광
주의 여러 군소문파가 암묵적인 승인을 해주었기에 가능한 일

이었다.

광주에 들어오자마자 군소문파의 주인들을 찾아가 많은 금액을 상납하겠다고 머리를 조아리는데 어찌 마다하겠는가.

결국 군소문파 주인들의 암묵적인 승인, 그것이 광주의 영세상인들을 지옥으로 내모는 결과를 낳고 말았다.

그러나 군소문파의 주인들은 모른 체했다. 약속대로 상당한 액수의 상납금이 들어왔기 때문이다.

자신들의 문파를 유지하고, 앞날을 준비하는 데 꼭 필요한 금전이었다.

결코 거부할 수 없는 악마의 유혹 같은 것이었다.

철혼이 가장 먼저 철마방을 찾아온 건 그래서다.

모든 일의 시작이 철마방에서 비롯되었기 때문이다.

"누구지?"

"글쎄, 처음 보는 낯짝인데?"

철마방 입구에 철혼이 모습을 보이자 장한들이 모여들었다.

모두 철혼 못지않게 험악해 보인다. 팔 하나쯤은 웃으며 자를 수 있는 자들이다. 남녀노소를 가리지 않고 팔다리를 부러뜨릴 불한당들이다.

반면에 철혼은 그러지 못한다.

쓸데없이 웃으며 팔을 자르지 않는다. 그는 무심한 표정으로 목을 벤다. 가슴을 갈라버린다. 상대를 차가운 죽음 속으로 처박아 버린다.

장한들과 철혼의 차이다.

그 차이가 숫자를 무시하고 기세를 눌렀다.

장한들 앞에서 걸음을 멈춘 철혼은 말을 하지 않았다. 그저 팔짱을 끼고 서 있을 뿐이다.

장한들 역시 말이 없다. 그들은 불안한 얼굴을 애써 감추며 철혼을 경계했다.

무인이 아니라고 배척받는 흑도인들이지만, 어쨌든 근본은 무인이다. 그들은 철혼이 강자임을 알아보았다. 자신들의 간담을 서늘하게 만들고 있거늘 어찌 몰라볼까. 그래서 함부로 움직이지 못했다.

어지럽고 급박한 발소리.

다시 여섯 명이 모습을 드러냈다.

철혼의 무심한 시선이 그들 중 한 사람에게 꽂혔다.

비쩍 마른 몸에 팔 길이가 조금 길어 보이는 장한이다. 철마방에서 중간쯤 가는 자일 게다.

철혼의 판단은 정확했다.

여무일은 철마방 총관의 직속 부하다.

가끔 외지에서 굴러들어 온 떠돌이들이 문제를 일으키면 그가 나서서 해결한다.

물론 입이 아닌 칼로 해결한다.

그만큼 칼 솜씨가 날카롭다.

그런 여무일이 흠칫 긴장했다.

보자마자 자신이 수장임을 알아보았고, 이쪽의 숫자가 열을 넘어가는 데도 불구하고 전혀 개의치 않고 있다. 여유마저 느껴진다. 숫자로 상대할 사람이 아닌 것이다.

"여무일입니다."

여무일이 먼저 머리를 숙인다.

범상치 않은 자의 등장이다.

마방 안쪽에서 몰래 지켜보던 자가 자리에서 슬쩍 사라졌다.

철혼은 고개를 숙이지 않았다.

우위에 선 자는 고개를 숙일 필요가 없다.

말이 많을 필요도 없다. 그저 필요한 말만 툭 내던지면 족하다.

"안내하지?"

"……!"

철혼은 나이로 치면 분명 어린놈이다. 뺨에 험악하게 달라붙은 흉터만으로는 이십대 초반의 나이를 가리지 못한다.

여무일은 알면서도 저자세를 풀지 못했다.

"별호라도 알려주셔야 안에다 기별을……."

"지금쯤 기별이 닿았을 텐데?"

철혼의 말에 여무일이 고개를 들었다. 그리고 자신의 판단이 틀리지 않았는지 나시 한 번 가늠해 본다.

불행하게도 틀리지 않은 것 같다.

숨이 막히도록 엄청난 기도는 아니지만 선뜻 움직이지 못하게 만드는 불길함이 잔뜩 풍겨온다.

조심하라고, 함부로 상대하지 말라는 머릿속의 경종이 울린다.

이럴 때는 본능을 따르는 게 만수무강의 지름길이다.

그럼에도 잠시 대치한다.

시간을 끌기 위해서다. 안에서 준비할 수 있도록 조금이라도 더 시간을 끄는 것이 그가 마지막으로 할 일이다.

하지만 촌각이 여삼추 같다. 등골이 서늘하다.

"제가 안내하겠습니다."

여무일은 일부러 큰 소리로 외쳤다. 그리고는 등을 돌려 안으로 들어갔다.

철혼은 말없이 여무일의 뒤를 따라 걸었다.

안으로 들어가자 앞마당에 삼십 명 정도 되어 보이는 숫자가 진을 치고 있다.

그 한가운데에 사십대 중반의 중년인이 옅은 웃음을 흘리고 있다. 흡사 부처님처럼 인자해 보이는 미소다.

철마방의 총관인 흑살필(黑殺筆) 원적기란 자다.

얼굴은 부처의 형상이지만, 그 얼굴로 피 보기를 서슴지 않는 포악한 자다.

병기는 큼지막한 붓이다. 하나 형상만 붓일 뿐 철로 만들어져 있다.

철혼은 그들 앞으로 천천히 걸어갔다. 수많은 눈이 사나운 기세로 그를 지켜보고 있었다.

철혼은 원적기와 오 장을 격하고 걸음을 멈추었다.

오 장의 간격.

그것이 무엇을 의미하는지, 원적기는 전혀 알아차리지 못한 채 특유의 미소를 지으며 철혼이 하는 양을 지켜보고만 있다.

철혼이 먼저 입을 열었다.

"이곳의 주인입니까?"

"방주께선 아무나 만나줄 정도로 한가한 분이 아니시다."

"총관쯤 됩니까?"

"목적은?"

되물을 뿐 부정하지 않는다.

철혼이 고개를 끄덕였다.

총관이면 충분했다. 굳이 방주가 아니어도 상관없을 터, 잠깐의 여유를 두고 철혼이 툭 내뱉었다.

"돈 받으러 왔습니다."

"……!"

원적기의 고개가 갸웃해진다.

난데없이 찾아와서는 돈을 받으러 왔단다.

얼마 전에 상반기 상납금을 빠짐없이 보냈다. 혹시나 빠진 곳이 있나 떠올려 보지만, 그럴 리가 없다.

원적기의 얼굴에 의혹이 떠올렸다. 만일의 경우를 대비해 말투를 바꾸어 물었다.

"어디서 왔습니까?"

원적기가 조심스레 묻는다.

하지만 곧바로 이어진 철혼의 대답에 얼굴을 확 일그러뜨린다.

"십전철가입니다."

"뭐?"

원적기의 일그러진 얼굴 위로 분노가 한 겹 씌워졌다.

철혼은 원적기의 분노를 읽었다.

한낱 대장장이라며 속으로 욕하고 있을 것이 틀림없다. 대장장이들이 보내서 왔다는 생각에 우습게 보일 터였다.

철혼은 원적기의 얼굴에서 그런 조롱을 읽을 수 있었다.

협상은 결렬됐다.

애초부터 협상일 것도 없었다.

철혼은 장포 안쪽의 도병을 움켜잡았다. 그리고 하얀 이를 드러냈다.

차가운 조소가 피를 부르는 신호탄이 되었다.

"죽여라."

원적기가 명을 내렸다.

굳이 살려줄 필요가 없다.

십전철가의 가주가 무슨 생각으로 이런 자를 보냈는지는 모르지만, 뭔가 단단히 실수했다.

이자는 죽을 것이고, 십전철가는 대가를 치르게 될 것이다.

단 한 번도 변하지 않은 광주 땅의 불문율이다.

원적기의 분노가 터지자 삼십여 명이 철혼을 향해 주린 이리 떼처럼 달려들었다.

순간, 철혼의 두 발이 움직였다.

“엇!”

맨 앞쪽에서 달려들던 자들이 헛숨을 들이켜며 걸음을 멈추었다.

한줄기 바람이 부는 것 같더니 철혼의 모습이 눈앞에서 사라진 때문이다.

퍽퍽!

몇 번의 둔탁한 격타음이 들리더니, 철혼의 그림자가 달려들던 자들의 사이사이를 순식간에 관통했다.

촌음의 순간에 마치 섬전처럼 지나가 버렸다.

모두들 일제히 동작을 멈추고 뒤를 돌아봤다.

철혼은 그들의 뒤쪽에 있었다. 정확히는 원적기의 바로 앞이었다.

“……!”

원적기는 목에서 느껴지는 이질적인 차가운 감촉에 숨 한 번 크게 내쉬지 못했다.

철혼이 그의 귓가에 대고 속삭이듯 말했다.

“세상에 공짜는 없는 법이다. 물건을 가져갔으면 대금을 지불해야지. 안 그래?”

원적기는 알아들었다는 듯이 고개를 끄덕였다.

상대는 고수다. 자신은 철필을 꺼내지도 못했다. 물론 방심한 탓이긴 하지만, 철필을 뽑았다 해도 승부를 장담할 수 없다.

이만한 실력이 있으니 이리 찾아왔겠지. 십전철 가주가 상당한 돈을 들인 칼잡이가 분명하다.

그러니 말로만 하는 협박 같은 게 통할 리 없다. 시간을 끌어서도 안 된다.

원적기는 조금이라도 더 크게 끄덕였다간 목이 뎅겅 잘릴 것 같은 두려움을 억누르며 쉴 새 없이 고개를 끄덕였다.

철혼이 칼을 거두자 원적기는 수하를 보내 돈을 가져오게 했다.

방주의 추궁에 대해서는 생각지도 않았다.

일단 이 상황을 벗어나고 볼 일이다.

잠시 후 수하가 양손에 전표들을 나눠 쥔 채로 허겁지겁 뛰어왔다.

원적기는 전표를 받아 철혼에게 건넸다.

"앞으로는 제대로 거래하도록 해. 그러면 내가 나설 일은 없을 거야."

철혼은 그 말을 끝으로 돌아섰다.

묵빛 장포가 눈앞에서 사라졌다.

"감히… 감히! 갈기갈기 찢어버리겠다!"

원적기의 눈에 살심이 차오르기 시작했다.

한 식경 정도 걸렸다.

십전철가에서 철마방까지의 거리다.

외곽에 위치한 귀도림은 반 시진 정도다. 귀도림과 철마방 간의 거리는 한 시진이 조금 미치지 못한다. 십전철가가 삼각형 형태를 그리며 둘의 중간에 위치하고 있는 셈이다.

백룡보(白龍堡)도 한 식경, 풍림당(風林堂) 역시 한 식경에 가깝다. 천리표국(千里鏢局)은 반대편이라 다소 멀다. 반 시진이다.

등룡곡(登龍谷)은 작은 산을 넘어야 한다.

바다로 나가는 뱃길도 있다.

머릿속으로 거리를 재가며 그림을 그렸다. 이곳 광주(廣州)의 길이란 길은 죄다 머릿속에 들어 있다. 때문에 완벽한 그림이 그려졌다.

그가 아는 사람들 중에 가장 머리가 뛰어난 사람이 그려준 그림이다. 조만간 그 그림을 따라서 피가 흐를 것이다. 얼마나 흐를지는 자신이 아닌 저들의 선택에 달렸다.

철그럭! 철그럭!

철혼은 걸음을 옮겼다.

다음 대상인 백룡보를 향해서였다.

*　　*　　*

채방은 귀도림의 지낭이다.

하시이 뛰어나지는 않지만, 눈치가 비상하고 잔꾀에 밝다.

그는 가슴이 아닌 머리로만 움직인다. 이리저리 두 번, 세 번 재보고 움직여야 할 때라 여겨지면, 그때에야 비로소 움직인다. 또 움직인다 하더라도 그가 직접 나설 일은 그리 많지 않다.

그런 채방이 가조양을 따라서 귀도문을 나섰다.

소림주인 가조양이 낯선 외인을 만나 사나운 꼴을 당했다.

당사자인 가조양과 귀도림의 수장이자 가조양의 부친인 가득천은 길길이 날뛰었지만, 채방은 내심 심드렁하기만 했다.

그럼에도 그가 이리 직접 나선 이유는 괴한이 십전철가에 여장을 풀었다는 보고 때문이다.

가조양과 이십여 명의 수하를 혼절시킨 고수가 계약서를 빼앗아서 십전철가로 들어갔다는 것이다.

가조양의 말로는 분명 자신을 알아보았다고 했다.

가조양을 알아보는 과거, 그리고 십전철가.

채방은 어렵지 않게 한 소년을 떠올릴 수 있었다.

십 년이라는 시간 따위는 걸림돌이 되지 못했다.

'그때 죽이지 못한 것이 두고두고 마음에 걸렸었는데…….
한데 왜 소림주를 죽이지 않았을까?

자꾸만 마음에 걸린다.

당시에 십전철가의 노인을 죽이기 위해 많은 이가 손을 모아야 했다. 한낱 대장장이 따위가 그 정도로 대단한 고수일 줄은 상상도 못했지만, 결국 전신이 낭자되어 죽었다.

당시 노인의 처참한 죽음이 눈에 선했다.

궁금증이 증폭되었다.

'왜 죽이지 않았을까?

만나자마자 부딪쳤고, 십전철가로 들어갔다는 것은 분명 과거를 잊지 않았다는 뜻이다.

그런데 왜 죽이지 않았을까?

혹시 그가 아닌 것인가?

채방은 직접 만나보기로 마음먹었다. 직접 얼굴을 보아야 무언가 하나라도 확실해질 것이다.

가조양을 따라 십전철가로 향한 이유였다.

3장

두 번은 없다는 걸 알아야지

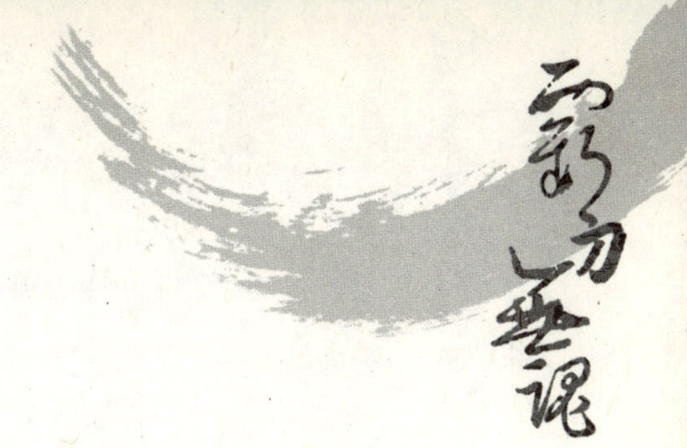

백룡보 보주는 단혼수(斷魂手) 백문초란 자다.

단혼(斷魂)이니 혼을 끊어버리는 무공.

문득 궁금하다. 그 손으로 서문 노야의 어느 곳을 끊었는지, 또 얼마나 많은 양의 피를 흘리게 했는지가 무척 궁금하다.

'단혼이라.......'

멀리 백룡보가 보였다.

철혼의 눈에 불꽃이 일었다. 입안에서 맴도는 단혼이라는 두 글자를 질근 씹었다.

뜨거운 기운이 폭발하듯 발산했다.

대기가 이글거렸다. 삼 장 떨어진 곳에서 걷고 있던 행인들이 화들짝 놀란다.

열기는 순식간에 사라졌다.

철혼은 걸음을 멈추었다. 백룡보라는 세 글자 바로 앞이었다.

“……”

철마방에서와 마찬가지다.

철혼은 입을 열지 않았다. 그저 팔짱을 낀 채로 서 있을 뿐이다. 한데 알아보지 못한다. 여무일처럼 눈치 빠른 자가 자리에 없는 모양이다.

그때 누군가가 입을 열었다.

“저, 혹시 철혼이……”

자신을 알아봤다.

불안하게 흔들리는 눈동자, 약간 휘어진 콧등, 사마귀…….

오른쪽 눈썹 끝에 붙어 있는 사마귀.

‘마일중!’

어렸을 적 가끔씩 어울리던 세 살 많은 사람이다.

한데 왜 이곳에 있는 것인가?

머릿속을 뒤지자 어렵지 않게 해답이 나왔다. 그의 부친이 이곳에서 일했었다. 대물림일 것이다. 어쩌면 그것만으로도 감사하게 여겼을지도 모를 일이다.

먹고 사는 데 지장이 없을 테니까.

그는 철혼을 알아봤다.

많이 변했음에도 한눈에 알아봤다. 그리고 철혼과 눈이 마주치자 이내 고개를 숙이고 만다. 서문 노인의 죽음과 관계된

곳에 소속된 것이 미안한 모양이다.

삶의 무게를 감당 못 해서 그렇지 양심은 있는 모양이다.

"뭣들 하는 게냐? 손님이 오셨으면 안으로 모시지 않고."

거침없는 호통.

내려다보는 자의 것이다.

철혼은 천천히 돌아섰다.

짙푸른 청의를 말쑥하게 차려입은 청년이 보였다.

백문초에게는 아들이 둘 있다. 염라수(閻羅手)와 섬전수(閃電手)가 바로 그들이다.

둘째인 섬전수 백이는 호리호리한 체형이라고 했다. 청의 청년은 그렇게 보이지 않는다.

'염라수 백우로군.'

철혼의 추측은 정확했다.

청의 청년은 염라수 백우였다. 그리고 그의 곁에는 옅은 갈색 피부를 가진 소녀가 호기심 가득한 얼굴로 철혼을 쳐다보고 있었다.

백우가 다가왔다.

그는 최소한의 경계심으로 철혼을 살폈다.

'보통이 아니다!'

얼굴의 검상, 그리고 보는 것만으로도 자신의 투기를 자극하고 있다. 거친 길을 걸어온 자가 틀림없다.

백우는 철혼의 존재감에 고개를 끄덕였다.

"무슨 용무인지는 모르나 일단 안으로 들어갑시다."

백우가 생각하기에 철혼은 손을 잡으면 큰 힘이 되어줄 자다. 하여 스스럼없이 대하며 안으로 안내했다.

철혼으로서도 마다할 이유가 없다. 어차피 볼일이 있어 왔으니까. 철혼은 잠자코 따랐다.

한쪽에서 지켜보던 마일중만이 안절부절못할 뿐이었다.

정문을 넘어서자 너른 앞마당이 그들을 맞았다. 분주히 오가던 일꾼들이 백우를 알아보고 넙죽 허리를 숙였다.

몇몇 무인은 절도 있는 모습으로 예의를 갖추었다. 매일 보는 얼굴인데도 저렇게 한다는 건 그만큼 기강이 바로 서 있다는 걸 의미한다.

철혼은 걸음을 멈추었다.

"왜 그러십니까?"

"보주를 만나고 싶습니다."

"아버님을?"

철혼은 고개만 끄덕였고, 백우의 얼굴에는 진한 의혹이 떠올랐다.

"이유가 뭡니까?"

"직접 말하겠습니다."

백우는 철혼을 바라봤다.

철혼의 입은 꾹 다물어져 있다. 강제로 벌어지는 입이 아니다.

그리고 지금 이곳은 백룡보다. 지나친 경계는 소심해 보일 뿐이다.

백우는 고개를 끄덕였다.

"란매, 내 거처로 가 있어. 내 아버님께 여쭙고 바로 그리로 갈게."

"저도 여기서 기다릴게요. 보주님께 인사 여쭈어야지요."

"그럼 나와 함께 가자."

"호호호! 저만 손님인가요? 여기서 기다릴 테니까, 걱정 말고 다녀오세요."

조금 망설이던 백우는 이내 고개를 끄덕이고 총총히 사라졌다.

백우가 사라지자 란매라 불린 소녀가 철혼을 돌아봤다. 호기심 가득한 얼굴이다.

혈루처럼 보이는 눈 밑의 칼자국과 그 만큼이나 험한 분위기가 자신이 자라온 환경과는 무척이나 달라 보일 터.

"많이 아팠나요?"

귀를 자극하는 달짝지근한 음성.

여느 사내라면 벌렁거리는 가슴을 주체하지 못해 빙글 돌아서서는 연방 고개를 끄덕일지도 모른다.

하나 철혼은 고개를 돌려 무신히 내려다볼 뿐이다.

마치 길가에 굴러다니는 돌멩이를 바라보듯 무감정한 시선이다.

"그렇게 바라보면 내가 무안해지는데……."

배시시 웃는다.

들꽃처럼 생기발랄하다.

좋다. 사내의 마음을 움직이고도 남을 정도로 매력이 흘러 넘친다.

그러나 백룡보와 가까운 여인이다. 철혼의 마음이 움직일 리 없다.

"직접 겪어보면 알아."

무뚝뚝한 한마디. 그리고 진짜 칼을 뽑으려 한다.

"알았어요, 알았다구요."

소녀가 급히 손사래를 쳤다.

철혼은 고개를 돌렸다.

"쳇! 이 예쁜 얼굴에 칼질할 생각을 하다니……."

소녀의 투덜거림마저 귀에 착 감긴다.

그러나 철혼은 얼음장일 뿐이었다.

백룡보의 보주 단혼수 백문초는 모습을 보이지 않았다.

백룡보 정도의 무가라면 문턱이 높을 수밖에 없나. 맥우가 아니었다면 이 자리까지 들어오지 못했을지도 모른다. 물론 결국엔 힘으로 밀고 들어왔을 것이다.

백우는 그의 부친인 백문초 대신 총관인 전추광을 데려왔다.

"그래, 보주님을 뵙고 싶다고?"

"그렇습니다."

철혼은 대답만 했다. 포권 같은 예의는 갖추지 않았다.

전추광이 미간을 찌푸리며 백우를 돌아봤다. 전추광이 비록 총관이긴 하지만 보주인 백문초와는 의형제였다.

백우와 백이 두 형제 역시 예를 다할 수밖에 없는 사람이다.

백우가 주의를 주듯 말했다.

"예의를 갖춰주십시오."

철혼은 돌아보지도 않았다. 그저 무심한 시선으로 전추광을 바라볼 뿐이다. 그에 백우는 무언가 잘못되어 가는 느낌을 받았다.

전추광이 표정을 바꾸며 말했다.

"무슨 용무인가?"

"돈 받으러 왔습니다."

전추광과 백우의 표정이 구겨졌다. 두 사람 뒤로 늘어서 있는 무인들이 긴장하기 시작했다.

한쪽에서 지켜보는 소녀만이 흥미로운 얼굴을 하고 있었다.

잠깐 동안 침묵이 이어졌다.

긴장감이 점점 커지기 시작했다. 무언가 일이 벌어질 것처럼 불길했다.

그때 철혼이 결정타를 날렸다.

"십전철가에서 돈 받으러 왔습니다."

＊　　　＊　　　＊

철혼은 풍림당으로 향했다.

묵빛 장포엔 군데군데 핏물이 묻어 있었다. 아무래도 백룡보에서 피를 본 모양이다. 물론 철혼의 피는 아니다. 그 정도의 인간들에게 피를 흘릴 것 같았으면 돌아오지도 않았을 것이다.

철혼은 무심히 걸었다.

차가운 냉혈한의 걸음이 아니다. 감정을 다스릴 줄 아는 강자의 걸음이다. 하지만 그것을 알아챌 만한 고수는 그리 흔하지 않다.

잠시 후 풍림당에 도착했다.

한데 풍림당의 정문이 활짝 열려 있었다. 그리고 그 앞에 세 명의 무인이 철혼을 기다리고 있었다.

철혼은 걸음을 멈추기도 전에 정문 안쪽에 수십 명이 숨을 죽이고 있다는 걸 알아차렸다.

"정확히 금 열 냥에 은 다섯 냥 반이다."

당주 유가원이 전표를 내밀었다.

철혼은 말없이 전표를 받아 들었다. 그리고 한자에 그들을 훑어보았다.

유가원과는 달리 두 사람은 금방이라도 손을 쓸 기세다.

슬쩍 건드리면 용수철처럼 튀어 오를 것 같다.

"거래라는 건 주고받는 것입니다."

"뭐야?"

"이놈이 천지분간을 못 하는구나!"

철혼의 말에 두 사람이 움직이려고 했다.

유가원이 손을 벌려 막았기에 싸움이 벌어지지 않았을 뿐 그야말로 일촉즉발의 분위기였다.

"받았으면 그만 돌아가거라."

유가원이 말했다.

눈빛에 살의가 넘실거렸다.

그럼에도 꾹 눌러 참고 있음이니, 인내심 하나만큼은 정말 대단한 모양이다.

"앞으로 외상은 물론이고, 터무니없는 가격에는 거래하지 않을 것이니 그리 아십시오."

철혼은 입가에 조소를 흘리며 말했다.

폭발할 것 같은 기세. 그러나 유가원을 비롯한 세 사람은 끝까지 참아냈다.

철혼은 피식 웃었다.

참고 있는 건 자들이 아니라 자신이었다. 참을 수밖에 없는 상황만 아니라면 저들의 목은 지금 이 자리에서 단칼에 떨어지고 말았을 것이다.

'그 목… 오래 걸리지 않을 거다.'

등을 돌린 철혼은 유유자적 걸어갔다.

에의 그 무심한 강사의 설음이다. 역시나 유가원을 비롯한 세 사람은 그 걸음을 알아보지 못한다.

이윽고 철혼이 시야에서 사라졌다.

그가 다녀갔다는 것은 땅에 점점이 떨어져 있는 핏방울이 알려주었다. 백룡보에서부터 이어져 온 핏방울이다.

유가원이 있는 대로 인상을 썼다.

머릿속에 십 년 전의 악몽이 떠올랐다. 그의 옆구리에는 커다란 자상이 있다. 서문 노인에게 입은 상처다. 그 상처로 인해 궂은 날씨엔 욱신거려 잠을 설치기 일쑤였다.

"왜 말리셨습니까? 설마 셋이서 놈 하나를 감당 못하겠습니까?"

사풍도(死風刀) 염당이다.

"맞습니다. 놈이 서문 늙은이의 진전을 이었다고 하더라도 예전의 우리가 아니지 않습니까?"

혈풍조(血風爪) 척가량이 이를 바드득 갈며 으르렁거렸다.

하지만 유가원은 단호히 고개를 저었다.

"우리들 실력에 못지않은 전 총관의 가슴이 베어졌다질 않은가. 함께 있던 염라수 그 아이가 반응을 보이기도 전에 전 총관을 베고 목에 칼을 들이댈 정도로 빨랐다고 하니……. 오죽했으면 백 보주가 놈을 칠 생각을 않고 우리에게 연락을 취했겠는가? 십 년 전을 떠올린 게야. 연수를 해야 한다고 판단한 게지."

유가원은 옆구리를 주물럭거리며 중얼거렸다.

철혼은 천리표국으로 향하려던 것을 그만두고 십전철가로 방향을 틀었다.

생각보다 빨랐다.

천리표국에서나 벌어질 것으로 생각했던 상황이 풍림당에

서 벌어졌다. 저들의 연계가 그만큼 끈끈하다는 증거다. 십 년 전보다 훨씬 더 단단하게 뭉친 모양이다.

물론 그렇다고 하여 달라지는 건 없다.

"단단할수록 충격이 크겠지!"

낮게 조소를 흘렸다.

웃음을 따라 살기가 진득하게 묻어나고 있었다.

잠시 후, 철혼은 십전철가로 돌아왔다.

한데 십전철가에 낯선 무인들이 가득했다. 들려오는 목소리와 파동 치는 공기가 살벌하기 짝이 없었다.

철혼의 눈빛이 빛났다.

누구인지 알 것 같았다.

귀도림, 바로 그들일 게다. 보지 않아도 알 수 있다. 먹이를 찾는 이리 떼처럼 몰려왔을 것이다.

철혼은 천천히 다가갔다.

뒤쪽에 있던 귀도림의 무인들은 철혼이 다가오는 것도 모르고 있었다.

일순간 소리와 기세조차 죽여 버리니 하급의 무인들이 어찌 알아차릴까. 옆에서 칼을 뽑고, 자신의 목을 잘라 버릴 때까지 조금도 눈치채지 못할 것이다.

철혼과 그들의 무공 실력이 그만큼의 격차가 있었다.

물론 저들은 그러한 사실조차 알아차리지 못하고 있었지만.

"또 보는군."

갑작스런 철혼의 목소리에 귀도림의 무인들이 화들짝 놀라 뒤를 돌아보았다.

"비켜! 비켜봐!"

가조양이 소리쳤고, 귀도림의 무인들이 좌우로 갈라서 길을 열었다.

그 사이로 가조양과 철혼이 서로를 바라보았다.

"이 개자식! 진짜 여기에 있었군. 뭐야? 철 가주가 노망이라도 난 거냐?"

가조양이 흥분하여 날뛰었다.

다혈질적인 성정 때문에 화를 참지 못하고 죽일 생각만 하느라 철혼의 정체를 알아차리지 못하고 있었다.

철혼은 피식 웃으며 십전철가의 정문을 넘었다.

눈빛을 반짝이고 있는 채방을 확인하고는 입가의 조소를 더욱 진하게 베어 물었다.

"꿇어! 당장 꿇지 않으면 두 다리를 자르고 눈알을 파버리겠다!"

가조양이 더욱 격분하여 소리쳤다.

십전철가의 정문을 넘어선 철혼은 걸음을 멈추고 팔짱을 꼈다. 무척이나 여유로운 모습이라 가조양의 살심을 더욱 부추겼다.

물론 가조양이 참지 못하고 달려들어 주기를 바라고 한 것이다.

'음?'

돌연 채방이 인상을 썼다.

'저놈이 서 있는 위치, 우연인가?

우연이라고 하기엔 너무나 공교롭고 절묘한 위치다.

십전철가의 정문에서 한 발짝 안쪽이다. 절정고수가 칼부림을 일으키면 단 한 사람도 빠져나가지 못할 위치다. 게다가 무슨 일인지 지금 놈에게서 피 냄새가 난다.

시선을 돌리니 묵빛의 장포에 얼룩져 있는 핏물이 보인다.

채방은 가슴이 서늘해졌다.

놈은 칼부림이 벌어지면 오십 가까이 되는 숫자를 모두 죽일 생각을 하고 있다. 그런 마음을 먹었다는 것은 그 정도의 자신감이 뒷받침되어야 가능하다.

어설픈 자가 아니다. 몸에서는 포악한 살기 같은 게 느껴지는데, 그 기세와는 다르게 두 눈은 차갑게 가라앉아 있다.

'쉽게 움직이는 자가 아니야.'

놈을 상대할 만한 숫자는 열이 채 되지 못한다. 자신과 소림주, 그리고 몇 명이다. 놈은 그 숫자를 순식간에 짚어냈을 것이다.

경험과 안목, 놈은 상당한 고수임에 틀림없다.

이제 놈의 정체 따위는 중요하지 않다.

위험한 자다.

맹수처럼 조심히 상대해야 한다.

"뭐 하나만 물으려는데 말이야."

채방은 자연스럽게 말했다. 한편으로는 금방이라도 칼을 뽑을 것 같은 가조양에게 슬쩍 눈치를 주었다.

다행하게도 가조양이 어수룩하지는 않았다. 쉽게 흥분하고 주저 없이 행동할 뿐이다.

가조양도 상대가 강하다는 것쯤은 안다.

이미 한 차례 겪어보지 않았는가. 상대가 갑작스럽게 손을 쓴 탓에 제대로 겨뤄보지도 못하고 당했다고는 하지만 전광석화 같은 그 움직임이 분명 고수라는 것을 알려주었다.

자신보다 더 강한 자였다.

그렇기에 더더욱 격분했다.

상대는 자신과 나이가 비슷해 보인다. 그런데도 상대가 훨씬 더 강하다. 자존심이 상했다. 화가 났다. 거기다 그자가 십전철가에 머무른다. 어찌 분개하지 않을 것인가. 그녀와 한 솥밥을 먹는다는 사실이 견딜 수가 없다.

가조양은 눈앞의 사내가 철혼이라는 사실을 모른다.

극도로 치민 분노 때문에 상대의 정체에 대해 생각조차 하지 못하고 있었다. 거기다 채방이 아무런 언질도 주지 않았다.

채방의 입장에서는 조금 전까지만 해도 철혼의 정체가 명확하지 않았다. 게다가 철혼의 정체를 알았을 때의 가조양을 채방은 감당할 자신이 없었다.

어쨌거나 가조양이 물러섰다.

성난 황소처럼 날뛰려던 분기를 억누른 것이다.

채방은 그런 가조양에게 일부러 고개를 끄덕여 보이고는 말을 이었다.

“철 가주의 뜻인가?”

채방은 철 가주를 끌어들였다.

지금 대치하고 있는 사람들만의 일이 아니라 귀도림과 십전 철가의 일임을 인식시켜 준 것이다.

철혼은 채방의 의사를 알았다.

채방의 말은 경거망동하지 말라는 뜻이다. 철혼이 강하더라도 모두를 지켜줄 수 없다는 협박을 하고 있다. 채방을 비롯하여 이곳에 있는 모두를 죽일 수 있다하더라도 귀도림 전체를 죽일 수는 없다는 뜻이다.

머리가 좋은 자다. 그리고 가조양을 움직일 수 있는 자다. 귀도림에서 중책을 맡고 있을 게다.

‘채방! 그래, 네가 채방이로군.’

철혼의 눈이 빛났다.

적을 상대할 때는 머리를 굴리는 자를 먼저 치는 게 좋다. 빠르면 빠를수록 좋다.

지금 눈앞의 채방이 그런 자다. 우선적으로 죽여야 할 자.

철혼이 팔짱을 풀었다.

긴장감이 극에 달한 순간이다.

금방이라노 같이 휘눌러질 것 같은 분위기, 견디지 못하면 달려들고 만다.

그때였다.

채방이 한 걸음 움직였다.

가조양과 나란한 위치다. 그러면서도 가조양보다는 철혼에게서 멀다. 철혼이 그를 죽이려면 먼저 가조양을 거쳐야 한다.

'눈치가 빠르군.'

철혼은 피식 웃었다.

생각을 바꿨다. 주인보다 제 목숨을 챙기는 자이기 때문이다. 그런 자라면 잔꾀에 밝을 뿐이다.

"내 인사가 조금 과격했나 보군. 그렇다고 이리 몰려올 것까지는 없었을 텐데."

"아, 그 정도 일로 피를 볼 이유는 없지. 우린 다만 계약서를 가져간 게 철 가주의 뜻인지 궁금해서 말이네."

"계약서? 무슨 계약서를 말하는 거지?"

철혼은 되물었다.

굳이 능청을 떨 필요도 없다. 자신이 탈취한 건 저들도 알고 자신도 안다.

그럼에도 더 이상 따지려 들지 않을 것이다.

"이 개자식! 분명히 네놈이 가져가지 않았더냐?"

가조양이 소릴 질렀다.

어수룩하지는 않지만 똑똑하지도 않다. 철혼은 그저 웃어줄 뿐이다.

채방이 다시 나섰다.

"소림주께서 착각하신 모양이오. 뭐, 세상엔 닮은 얼굴이 제법 많은 법이니까."

가조양이 엉뚱한 발언을 하는 채방을 휘둥그레 돌아봤다.

채방은 슬쩍 고개를 숙여 보이며 달랬다. 그리고 다시 철혼을 바라봤다.

"이왕 온 김에 계약에 대해 다시 한 번 확인하고 가는 게 좋을 것 같군."

그 말을 끝으로 채방이 돌아섰다. 때마침 철 가주가 나오고 있었던 것이다.

철중양이 달라졌다.

채방은 한눈에 알아봤다.

모든 걸 포기한 사람처럼 처져 있던 얼굴에 생기가 돌았다. 도전적인 기운이 가득했다.

'좋지 않군.'

우려하던 바다. 그러면서도 이해할 수 없는 일이기도 했다.

저자를 믿고 있는 것인가? 아니면 또 다른 무언가가 있는 것인가?

'차차 알아봐 주지. 그 터무니없는 자신감을 말이야.'

채방의 입가에 조소가 매달렸다.

그것을 철중양이 보았다.

철중양은 주먹을 움켜쥐었다. 그리고 단호히 말했다.

"길 찾아왔군. 마침 가격이 잘못되었다고 생각하고 있었는데."

"계약서……."

"계약서를 다시 작성했으면 싶네."

철중양이 채방의 말을 잘랐다. 그리고 채방을 똑바로 응시하며 냉랭하게 말했다.

"물론 그 계약서를 들이댄다면 그대로 해줄 것이네. 불공평하더라도 계약은 계약이니까."

가조양은 자신이 잘못 들었는지 채방을 돌아봤다.

채방의 얼굴이 굳어 있다. 자신의 귀가 잘못된 게 아니다.

"이 무슨 개 같은......."

가조양이 성질을 폭발시켰다.

그때 누군가가 가조양의 말을 자르고 끼어들었다.

"가주님! 안 됩니다. 벌써 잊으셨단 말입니까?"

소로장인 여 노인이다.

철중양이 여 노인을 돌아봤다.

"잊지 않았네. 그날을 어찌 잊는단 말인가? 그렇다고 복수를 하자는 것도 아니네. 복수는 철혼의 몫이니까. 난 그저 합당한 대우를 받기를 원할 뿐이네."

그 말을 끝으로 철중양이 채방을 돌아봤다.

"들었겠지? 앞으로 나는 제대로 된 가격에만 거래에 응할 것이네. 자네들이 힘으로 핍박하려 든다면 차라리 문을 닫을 생각이니 자네는 이 말을 림주께 그대로 전해주게."

표정에서 단호함을 읽을 수 있다.

채방은 혈풍을 짐작했고, 십 년 전을 떠올렸다.

그때도 그랬다. 십전철가가 시작이었다. 십전철가에서 제 가격을 선언했고, 다른 철방들로 번졌다.

객잔, 주루, 의가, 양조장, 푸줏간, 포목점, 선주들… 급기야 광주상회까지 합류했다.

단박에 귀도림 재정의 파탄을 가져왔다.

철마방에서 들어오던 것도 대폭 줄어버렸다. 철마방에서 자신들에게 상납하듯이 자신들 또한 철혈문(鐵血門)에 연줄을 대고 있다. 그 연줄이 끊기게 생겼다.

피바람이 불 수밖에 없는 이유다.

'서문 노인이라고 했던가?'

그 노인의 존재가 상인들을 규합시켰다.

광주의 군소문파들은 당황했고, 손을 쓰기로 합의했다.

가조양과 철혼의 싸움이 빌미가 되었다. 서문 노인에게 따지러 왔던 귀도림의 무인들이 죽음을 당했다.

물론 서문 노인이 아니다.

등룡곡의 귀면살(鬼面殺)과 귀장랑(鬼掌狼)이다.

서문 노인에게 호되게 두들겨 맞고 복귀하는 귀도림의 무인들을 중간에 그들이 죽였다.

자신도 알고 귀도림의 림주도 아는 사실이다. 모를 수가 없다. 자신이 생각했고, 림주가 승낙했었으니까.

결국 그 일을 빌미로 많은 고수가 직접 움직였다. 그리고 서문 노인을 죽였다.

'철혼이 확실하군.'

이제 확실해졌다.

서문 노인의 복수를 하려고 돌아온 것이 확실했다.

그렇다면 가조양을 죽이지 않은 이유가 뭘까?

‘자신감인가?’

강함엔 자신감이 뒤따른다.

물론 아닐 수도 있다. 서문 노인이 죽을 수밖에 없었던 이유를 알아챘는지도 모른다. 한 손이 열 손을 감당하기 어려운 법, 그걸 알고 가조양을 죽이지 않은 것일 수도 있다.

물론 어느 쪽이든 그의 생각일 뿐이다.

이렇게 나타난 이상 놈의 운명은 정해졌다.

놈은 서문 노인의 전철을 밟게 될 것이다.

강해도 애송이는 애송이일 뿐이다. 암전(暗戰)을 벌인다면 모를까, 그 어리석은 자신감이 네놈을 망가뜨릴 것이다.

그런 생각을 하고 보니 온통 빈틈투성이처럼 여겨진다.

자신과 수하들이 놈을 막는 사이 소림주가 철 가주를 붙잡는다면 놈이 어쩌겠는가?

채방은 고개를 돌렸다.

더 이상 철혼의 존재가 신경 쓰이지 않았다.

“너, 너 이 새끼……..”

가조양도 상대가 철혼이라는 것을 알아챘다.

철 가주가 철혼을 언급했기 때문이다.

채방은 모른 척 지켜봤다.

가조양은 금방이라도 달려들 것처럼 보이더니 복잡한 표정을 거쳐 점점 굳어갔다. 그러다 격한 감정을 완전히 가라앉혔다.

“넌 돌아오지 말았어야 했다.”

가조양은 그 한마디만을 남기고 철혼을 스쳐 갔다.

활화산처럼 폭발할 것 같던 조금 전의 모습과는 완전히 달라 보였다.

'한 꺼풀 벗었군! 너에게 감사하지. 그리고 조만간에 다시 보도록 하지.'

채방이 옅은 미소를 지으며 가조양의 뒤를 따랐다. 귀도림의 무인들이 우르르 뒤를 따랐다.

귀도림은 그렇게 물러갔다.

"서문 노인의 죽음이 헛되지 않기를 바라지만 이곳에 피바람이 부는 꼴을 마냥 두고 볼 수는 없다. 여차하면 문을 닫고 모든 것을 내려놓을 생각이니, 어떻게 하든 그것을 염두에 두기를 바란다."

철중양이 다가와 한 말이다.

철혼은 철중양을 돌아봤다.

단호한 기색을 내비치고 있지만, 확실히 예전만 못했다.

'약해지셨군.'

서문 노인과 함께 광주의 군소 상인들을 규합하던 기개가 보이지 않았다.

서문 노인에 대한 미안한 마음이 그를 움직이고 있음이 역력했다.

어쩔 수 없음인가?

철혼은 내심 고개를 저으며 대답했다.

"명심하겠습니다."

"알아들었으면 광주상회에 다녀오거라. 가서 내 생각을 전하고 함께할 뜻이 있는지 여쭈어보거라."

철혼은 고개를 끄덕인 후 십전철가의 정문 밖으로 걸음을 옮겼다.

"가주님!"

"입 다물게. 자네 딸이 뜨내기 놈들에게 험한 꼴을 당할 때 서문 노인이 구해주었다는 것을 벌써 잊었는가?"

철중양의 말에 소로장 여 노인은 입을 다물어야 했다.

보셨지 않느냐고, 앞으로도 이런 일이 계속 일어날 것이고, 자칫 십 년 전에 그랬던 것처럼 피를 보게 될 것이라는 말이 여 노인의 입안에서 가득 맴돌았다.

돌아선 철중양은 여 노인과 함께 있는 감 노인을 바라봤다.

"자네 아들이 철마방에 끌려가 죽게 생겼을 때 누가 구해주었는가? 칼을 버리고 쇠를 만지며 여생을 보내려던 서문 노인이 다시 칼을 잡게 된 거 우리 때문이 아니던가? 그걸 안면서도 서문 노인의 죽음을 헛되도록 하자는 말을 하려거든 차라리 이곳을 떠나도록 하게."

철중양은 단호히 말했다.

스스로에게 하는 다짐이기도 했다.

그런데 바로 이때 십전철가의 정문 밖을 스쳐 지나가는 몇몇 무리가 보였다. 방향으로 보아 철혼의 뒤를 따르고 있음이 분명했다.

철중양의 미간이 잔뜩 찌푸려졌다. 두 눈에는 염려의 빛이 가득 차올랐다.

'저들은 철마방의 파락호인데……'

＊ ＊ ＊

광주상회.

광주의 상권을 쥐락펴락하는 군소상인 대부분이 연계되어 있는 곳이다. 수십 척의 선주들까지 대거 가입하거나 손을 잡고 있으니 광주 상권의 중심이라 할 만했고, 그 때문에 철마방이 가장 공을 들여 감시하고 있는 곳이었다.

철혼이 광주상회에 도착한 건 한 식경가량이 지난 후였다.

"십전철가의 가주님께서 이곳의 회주님께 전하라는 전갈이 있습니다."

"회주께서는 출타 중이시니 내게 말하시게."

얼마나 허리를 숙이고 살았는지 서 있음에도 꾸부정해 보이는 노인이 눈길 한 번 주고는 말했다.

철혼을 안내한 이의 말로는 눈앞의 노인이 부회주라고 했다.

최종 결정권을 가진 건 아니겠지만, 회주와 함께 중대사를 논의할 위치일 것이니 부회주에게 전해도 될 듯싶었다.

철혼은 고개를 끄덕이며 철중양의 전갈을 전하려고 했다.

그때였다.

"회주님께서 돌아오십니다."

밖에서 들려온 소리에 부회주가 철혼을 향해 웃었다.

"마침 돌아오신 모양이네. 함께 나가보세."

부회주와 함께 상회 정문으로 나가보니 마차 한 대가 서 있었다.

끼익!

낡은 경첩 소리가 들리더니 마차 문이 열렸고, 뚱뚱한 비단 장삼의 노인이 모습을 드러냈다.

"다녀오십니까?"

부회주가 허리를 조아리자 뚱뚱한 노인이 고개를 끄덕이며 말했다.

"마차 문 좀 고치라 이르게. 거상이 되려면 보여주는 것도 있어야 하거늘 이거야 원 창피해서 돌아다닐 수가 있어야지."

"당장 기름칠이라도 하라고 이르겠습니다. 그보다 십전철 가에서 사람을 보내왔습니다."

"철 가주가?"

회주가 다소 놀라는 반응을 보이며 철혼을 돌아봤다.

그제야 마부석에 앉아 있는 두 명의 칼잡이를 바라보고 있던 철혼이 시선을 돌려 정중히 포권했다.

"가주님의 전갈이 있어 이렇게 찾아왔습니다."

"이름이 뭔가?"

뜻밖의 물음이었다.

철혼은 고개를 들고 회주를 응시했다.

"철혼이라고 합니다."

“자네로군.”

“……!”

“서문 노인이 데려온 아이.”

“예.”

철혼이 대답하자 회주의 시선이 살짝 마부석으로 향했다가 다시 철혼에게로 돌아왔다.

잠깐의 순간에 불과했지만, 철혼이 그것을 놓칠 리가 만무했다.

“안으로 들어가서 이야기하세.”

회주가 먼저 상회로 향했다.

그런데 차가운 목소리가 그의 걸음을 붙잡았다.

“이곳에서 말씀 나누시는 게 좋겠습니다.”

마부석에서 들려왔다.

철혼은 마부석을 바라봤다.

두 명의 칼잡이가 차갑게 바라보고 있었다.

“철마방의 방주께서 자네들을 내게 보낸 건 본 회의 일에 이렇듯 관여하라는 게 아닐 것이네.”

“이놈이 십전철가의 가주가 보낸 것이라면 다릅니다.”

두 명의 칼잡이가 마부석에서 내려왔다.

철혼은 이제야 회주가 이들의 눈치를 보는 이유를 알아차렸다.

감시자들.

철마방의 방주가 지켜준다는 명목으로 붙여둔 감시자들이

분명했다.

"이 아이가 누구와 관계가 있든 본회주는 들어가서 이야기를 나누어야겠으니, 자네들이 정 탐탁지 않거든 돌아가서 철마방주에게 이르도록 하게."

회주가 제법 당차게 나가자 두 칼잡이가 인상을 썼다.

그렇다고 함부로 칼을 뽑아 들고 위협을 할 수도 없다는 듯 당황한 기색도 내비쳤다.

그때였다.

"회주가 그리 원한다면 들어가서 이야기를 나누어도 좋습니다. 하나 그놈은 우리와 먼저 이야기를 나누어야 하니 잠시만 기다려 주십시오. 물론 회주는 그놈의 머리통과만 이야기를 나눌 수가 있을 것입니다."

살기 어린 목소리가 거리에서 들려왔다.

철혼이 돌아보니 수십 명이 우르르 몰려오고 있었다.

철마방의 패거리였다.

선두에는 철마방의 총관인 흑살필(黑殺筆) 원적기가 보였다. 이를 빠드득 갈아붙이며 오는 모습이 무척이나 살기등등했다.

철혼은 그 모습을 보며 뒤쪽을 돌아봤다.

반대쪽에서도 수십 명이 몰려오고 있었다. 양쪽을 합쳐 육십에서 칠십 정도 되어 보였다.

"회주님!"

부회주가 회주를 불렀다.

상회 안으로 피하자는 뜻이다. 그러나 회주는 그런 부회주를 돌아보지도 않았다.

"원 대협! 피를 보실 일이 아닙니다. 이 자리에서 듣도록 할 것이니……."

회주는 말을 멈추어야 했다.

원적기가 묵빛의 철필을 꺼내 들었기 때문이다.

"그간 너무 평온했나 봅니다? 아니면 우리가 만만해 보였든지."

원적기의 싸늘한 외침이 거리를 울렸다.

광주상회 안쪽의 상인들은 물론이고 거리 곳곳에 숨어서 지켜보던 사람들의 낯빛이 딱딱하게 굳었다.

"우습게도 십전철가에서 칼잡이를 고용한 모양입니다. 돈을 많이 들였는지 이 원적기가 손 한 번 쓰지 못할 정도로 무서운 솜씨를 지녔더이다."

거리 곳곳을 둘러보며 보란 듯이 떠벌리고 있는 원적기의 모습은 광주 사람들을 위축되게 만들었다.

자신이 당했다는 것을 이렇게 당당하게 말한다는 건 무슨 수를 써서라도 죽여 버리겠다는 뜻이 아니고 무엇이겠는가.

"본 빙을 치려고 칼잡이를 고용해? 앙? 모두들 똑똑히 보시오. 본 방에 칼을 겨누면 어찌 되는지 지금 이 자리에서 확실히 보여줄 테니까."

으름장을 마친 원적기의 철필이 철혼을 가리켰다.

야차와 같은 원적기의 눈빛이 흉흉하게 빛났다.

'감히 날 위협해? 두 다리를 자르고, 두 팔을 자른 다음, 두 눈알까지 모조리 파내주마!'

철마방에서 칼 좀 쓴다는 놈들을 모조리 끌고 왔으니 놈을 죽이지 못할 이유가 없다. 놈의 움직임이 굉장하다 싶을 정도로 빨랐지만, 이렇게 거리를 가득 채워 버렸으니 운신의 폭이 줄어들어 제 기량을 발휘할 수 없을 터. 놈은 이 자리에서 죽는다.

몇 해 전에 죽였던 뜨내기들과 다를 바가 없다.

대도를 쓰는 놈들이라 상대하기가 여간 난해한 게 아니었지만, 결국 인의 장벽으로 놈들을 가두고 팔다리를 잘라 버렸다.

당시에도 그랬듯이 이번에도 수하 중 이십 정도는 죽을 것이다.

하나 상관없다. 죽은 숫자만큼 십전철가에 그 대가를 톡톡히 물을 생각이니까. 물론 이건 방주의 생각이다.

"날 죽이겠다는 건가?"

철혼이 갑자기 물었다.

번들거리는 눈빛이 심상치 않았다.

그러나 원적기는 그것을 무시하며 쏘아붙였다.

"그런 꼴을 당하고도 가만히 있을 줄 알았느냐! 네놈은 이 자리에서 죽는다. 반드시!"

이것으로 확실해졌다.

철마방에서는 철혼의 정체를 모른다.

철혼의 정체를 알았다면 이 정도의 숫자만 믿고 이렇게 몰려올 수가 없었을 것이다. 서문 노인의 굉뢰도(宏雷刀)는 그만큼 무서웠다.

다시 말해 철마방은 백룡보, 풍림당 등과의 연계가 그렇게 단단하지 않다는 것이고, 그들에게 들은 바가 없어 철혼을 그저 십전철가에서 고용한 칼잡이로만 알고 있음이 분명했다.

"누군가를 죽이고자 할 때는 자신 역시 죽을 수도 있다는 사실을 아나?"

철혼은 원적기를 향해 씩 웃었다.

그런 꼴을 당하고도 가만히 있을 줄 알았느냐고?

당연히 아니다. 이렇게 몰려와 달라고 건드린 것이다.

다행스럽게도 이렇게 죽이려고 몰려와 주었으니, 이제는 죽여도 무방하다. 지켜보는 눈까지 많으니 금상첨화다.

"뭐? 이놈이 아직도 상황 파악이 안 되는 모양이구나! 뭣들 하느냐! 당장 저놈의 다리를 잘라 버리지 않고!"

원적기가 명을 내렸다.

순간 철마방의 패거리가 거리 양쪽에서 철혼을 향해 우르르 달려들었다.

사전에 명령이 내려진 듯 양쪽에서 달려들어 철혼이 날뛸 수 있는 공간을 빠르게 채우고 있었다.

철혼 역시 움직였다.

원적기를 향해 일직선으로 튀어 나갔다. 몰려오는 숫자쯤은 아무것도 아니라는 표정이었다.

슈— 악!

철혼의 칼이 뽑혀져 나와 무시무시한 불을 뿜었다.

공간을 가르는 철혼의 일도에 섬뜩한 살기가 폭발하여 달려들던 자들이 흠칫했다.

파공성에 앞서 공간이 갈라졌다. 분명히 위아래로 두 쪽이 났다.

"엇!"

헛숨을 들이켜는 소리와 함께 맨 앞에 있던 장한의 몸이 좌우로 분리되었다.

푸학!

분수처럼 솟구치는 핏물이 주변을 붉게 물들였다. 비릿한 혈향과 처참하게 갈라진 동료의 주검이 달려들던 자들을 주박처럼 묶어버렸다.

그때 철혼의 그림자가 그들의 사이를 순식간에 관통했다.

부딪침은 없었다. 한줄기 빛살이 되어 섬전처럼 지나가 버렸다.

스— 악!

또 한 번의 파공음이 터졌다.

모골이 송연해지고, 가슴이 섬뜩해졌다.

손가락이나 자르고 배에 칼 한 번 꽂아보는 게 전부였던 자들이 어디서 이런 처참한 광경을 보았겠는가.

경험 많은 원적기와 일부의 칼잡이조차 처음 보는 무척 생소한 광경이었다. 팔다리를 자르는 게 다였지, 목조차 잘라본 적이 없다. 하물며 사람이 양단되는 광경을 어찌 아무렇지도 않게 대할 수 있을까.

지독한 혈향이 사위를 숨죽이게 만들었다.

철마방의 장한들은 눈을 부릅뜬 채 철혼의 모습을 찾았다.

철혼은 그들의 한가운데에 있었다. 정확히는 원적기의 바로 앞이었다.

지난번과 무척이나 유사한 상황이었다.

그러나 요동치는 살기가 전혀 다른 상황이라는 걸 알려주었다.

"두 번은 없다는 걸 알아야지."

철혼이 차갑게 말했다.

툭!

두 눈을 있는 대로 부릅뜬 원적기의 손에서 묵빛의 철필이 땅으로 떨어졌다.

주춤 물러나는 원적기.

그의 목에서 가느다란 혈선이 그어지더니 이내 시뻘건 핏물이 왈칵 솟구치며 목 위쪽의 머리통이 땅으로 굴러떨어졌다.

철혼은 칼을 집어넣으며 천천히 돌아섰다.

주변에 철마방의 개떼가 바글거렸지만, 경계조차 하지 않았다.

특유의 유유자적한 걸음으로 잔뜩 겁먹어 돌처럼 굳어버린 개떼 사이를 지나 광주상회의 회주를 향해 다가갔다.

놀란 눈을 치뜨고 있는 사람들.

거리 전체가 죽음 같은 정적 속에 짓눌려 버렸다.

철마방의 두 칼잡이도 도병만 움켜잡고 있을 뿐, 숨조차 크게 내쉬지 못했다.

사람을 일도로 쪼개 버린다는 게 무엇을 의미하는지 잘 알고 있었기 때문이다.

일통경(一通境)!

몸속의 내기(內氣)가 칼끝까지 넘쳐흐르는 일기관통(一氣貫通) 경지.

아름드리 거목이나 사람을 쪼갤 수 있다는 건 최소한 일통경의 경지에 올랐다는 것을 의미했다.

명문거파의 후기지수들이나 일성에서 내로라하는 고수들이 보통 일통의 경지에 올라 있다는 것을 감안하면 어찌 놀라지 않겠는가.

"십전철가의 가주께서는 앞으로 제대로 된 가격에만 거래에 응할 것이라고 하셨습니다. 거기에 광주상회에서도 동참해 주셨으면 합니다만, 어떤 선택을 하시든 그 결정을 존중할 것입니다."

철혼이 광주상회의 회주에게 한 말이다.

철중양의 뜻을 그렇게 전해주었다.

회주는 알아들었다는 듯이 고개만 끄덕였다. 잔뜩 치뜬 눈 속에 의구심이 반짝이고 있었다.

4장

가오가 되셨습니까?

“얼마 전에 흘러 들어온 자들인데 손속이 잔인하다고 하더 군요.”

“그래봐야 낭인이지. 삼사십 정도 되는 숫자라면 모를까, 그 정도로는 굉뢰도를 상대하지 못해.”

“쾌비수(快飛手)를 죽였다고 하니 죽이지는 못해도 놈의 진 실한 실력이 어느 정도인지 알아낼 수는 있을 겁니다.”

“쾌비수라면 그 빠르다고 소문난 도둑놈? 그놈이 죽었어?”

“예. 얼마 전에 시비가 붙었는데, 아주 난도질 되어 죽었다 더군요.”

“빠른 발을 잡을 수 있는 속도에 난도질할 수 있는 손속이라 면 자네 말대로 놈의 실력을 끄집어낼 수는 있을 것 같군.”

"이쪽의 피해가 어느 정도냐가 문제이지, 어차피 놈은 죽은 목숨입니다."

"보통이 아닐 것이야."

"알고 있습니다. 무공이 강하다고 해서 사람을 양단하는 게 쉽지는 않습니다. 그만큼 독해야 할 수 있는 일입지요. 하지만 놈은 그렇게 했습니다. 그리고 얼굴의 검상, 경험처럼 무서운 건 없죠."

"잘 알고 있군. 그래서 방법은?"

"놈에겐 치명적인 약점이 있습니다. 그 약점을 물라고 철마방에 일러두었습니다."

"철마방?"

"철마방이 그들과 함께 일을 벌일 것입니다. 우리는 그저 지켜보기만 하면 됩니다. 그러면 그들이 알려줄 것입니다. 놈의 숨통을 끊으려면 어느 정도의 전력이 필요한지를 말입니다. 물론 그들이 끊어버리면 더 바랄 것이 없겠지요."

"좋군. 좋아. 놈에 대해서는 자네가 알아서 하게. 그건 그렇고, 연무장에만 틀어박힌 모양이던데 괜찮을까?"

"후후후! 전화위복(轉禍爲福)이란 이럴 때 쓰는 말일 것입니다. 놈이 소림주의 가슴에 불을 붙여놓았거든요. 더욱 강해지실 겁니다."

"그렇다면 다행한 일이고."

고개를 끄덕이는 귀도림주의 얼굴에 여유가 넘쳐흘렀다.

'서문 늙은이도 일통경(一通境)이었었지?'

＊　　　＊　　　＊

철혼이 십전철가로 돌아오자 한 사람이 기다리고 있었다.

십 년 전 철혼이 가까이 지냈던 두 명의 친구 중 한 사람이었다.

전날 만나 실망만 잔뜩 안겨준 화평객잔의 양우천이 해가 뜨고 가라앉을 때까지 항상 붙어 다녔던 친구라면 지금 스스로 찾아온 모중위는 늘 다투었던 친구였다.

십 년이 흘렀지만, 서로가 한눈에 알아보았다.

"누군지 할 일 없는 놈이 이걸 버렸더군."

철혼의 곁으로 다가와 무언가를 불쑥 내민다.

눈에 익은 술병이다. 철혼이 서문 노인의 묘지에서 버렸던 술병이었다.

철혼은 술병을 받아 입으로 가져갔다.

꿀꺽!

독한 술이다. 뱃속까지 단숨에 짜릿해졌다.

"뭐지?"

"분주(汾酒)다. 산서성에서 제법 알아주는 놈이나."

그리고 보니 모중위의 집안은 대대로 술도가를 운영해 왔다. 어른들 몰래 술깨나 훔쳐 먹곤 했던 기억이 떠올랐다.

"좋은 놈이다."

"알아. 내일부턴 이놈을 내놓을 생각이다."

“너 말이다.”

“……!”

“고맙다.”

철혼은 서문 노인의 묘를 돌봐준 이가 모중위라는 것을 지금 알았다. 그에 대한 고마움을 말한 것이다.

모중위는 대꾸 없이 바라보더니 무거운 얼굴로 말했다.

“노야 옆에 또 다른 무덤을 만들고 싶지는 않다.”

“…….”

“돌아가라.”

양우천과 똑같이 복수를 하지 말라고 하지만, 완전히 다르게 느껴졌다.

“둘이서 술 한 병을 반씩 나눠 마시던 때가 생각나는군.”

“망할 자식아! 돌아가란 말이다. 혼자서 무얼 하겠다고 이리 온 거냐? 왔으면 조용히 처박혀 있든지.”

모중위가 바득바득 소리쳤다.

계란으로 바위를 치려는 철혼에게 화가 난 것이다.

“그럴 일은 없을 거야.”

“뭐가?”

“네가 걱정하는 일.”

모중위는 착잡한 심정으로 철혼을 응시했다.

무인 중엔 간혹 착각하고 있는 이가 있다. 어느 정도 무공을 성취하게 되면 자신은 강하고 절대 지지 않을 거라고 여긴다.

철혼이 그런 어리석은 이가 아니길 빌었다.

"망할 자식! 그때 넌 두 모금밖에 마시지 않았다."

모중위는 술병을 빼앗았다. 그리고 벌컥벌컥 마셨다.

화가 난 때문인지, 아니면 취기 때문인지 금세 얼굴이 벌게졌다.

"망할 자식아! 죽어서 길거리에 굴러다녀도 모른 척할 테니까 알아서 해."

술병을 건네고는 찬바람을 일으키며 가버린다.

말릴 수 없다는 걸 아는 것이다.

어렸을 적에도 그랬다.

서로 우기고 우기다 끝내 포기하고 돌아서는 이는 항상 모중위였다.

그때도 지금처럼 욕을 하고는 가버리기 일쑤였다. 그래서 늘 다투기만 했지, 해질녘까지 함께 돌아다니지 못했다.

철혼은 혼자가 되었다.

땅거미가 지고 있었다.

꿀꺽!

남은 분주를 남김없이 마셨다.

"분주라… 좋은 놈이군."

혼잣말로 중얼거린 철혼은 빈 술병을 들여다보다 문득 생각난 바가 있었다.

"왕 노인께서 기다리고 계시겠군."

서둘러 식당으로 가보니 왕 노인과 여 노인, 고 노인, 감 노인, 그리고 최씨 아저씨가 술잔을 앞에 두고 우두커니 앉아 있었다.

“왔으면 앉아라.”

왕 노인의 말에 철혼은 빈자리에 가 앉았다.

그때까지 여 노인과 고 노인 등은 눈조차 마주치지 못하고 있었다.

“왜들 그러요? 이놈이 남이오? 뭔 눈치들을 그렇게 보고 지랄이요?”

왕 노인이 네 사람을 향해 퉁명하게 쏘아붙였다.

네 사람은 헛기침을 하는가 하면 괜히 술잔을 입으로 가져갔다.

“우리도 미안한 줄 알아서 그러는 게 아닌가? 서문 대협을 생각하면 이래선 안 된다는 것을 알지만, 우리 같은 사람들이 어디 담력이라는 게 있기나 하던가? 그저 입에 풀칠만 하고 있어도 만족하는 무지렁이들이거늘…….”

“그럼 막지나 말든가!”

여 노인의 말에 왕 노인이 호통을 쳤다.

“그렇게 감정을 내세울 일이 아니지 않는가. 늙은이 한둘의 목숨이 아니라 아이까지 서른이 넘는 목숨이 걸렸거늘 어찌 그리 화만 내고 그러는가?”

고 노인이 끼어들었다.

딱히 틀린 말은 아닌지라 왕 노인의 입이 다물어졌다.

고 노인은 잠시 한숨을 내쉬더니 철혼을 향해 입을 열었다.

“서문 대협께 받은 구명지은을 한시도 잊은 적이 없다네. 그렇게 가실 분이 아니었지. 그분이 살아올 수만 있다면 이 천한 목숨을 내줄 수도 있네. 하지만 자네는 아직 젊지 않은가? 자네가 복수를 한답시고 계란으로 바위를 치는 꼴을 어찌 내버려 두겠는가? 서문 대협께서도 그걸 바라지는 않을 것일세.”

하루 종일 생각해 두었던 말을 꺼내는 고 노인.

철혼은 그런 고 노인을 물끄러미 응시했다.

“살아도 산 것이 아니라는 말을 아십니까?”

철혼의 음성이 너무 차가웠다.

조금이라도 마음이 돌아섰기를 기대했던 노인들이 흠칫 쳐다봤다.

“십 년 동안 서문 노야의 죽음을 한순간도 잊어본 적이 없는데… 서른이 넘는 목숨이라고요? 그 목숨이 저와 무슨 상관입니까?”

너무나 차갑다.

냉랭하다 못해 냉혹하다.

왕 노인까지 깜짝 놀라 철혼을 쳐다봤다.

“이놈, 아무리 그래도 그렇게 말하면 안 되는 법이다. 서문 어르신께서 들으셨다면……!”

왕 노인이 엄하게 소리쳤으나 철혼은 들은 체도 하지 않았다.

“당신들은 해코지를 당할까 두려워 서문 노야의 주검조차 내버려 두었습니다. 누구 한 사람…….”

“그, 그렇지 않네. 오해일세. 당시에 그들이 칼로 위협해서……."

"말이나 꺼내보셨습니까? 시체라도 수습하겠다고 하면 그들이 목을 자를까 두려웠습니까?"

왕 노인이 눈을 부릅뜨며 세 노인을 번갈아 봤다.

당시에 왕 노인은 주방의 칼을 가지고 날뛰다가 철중앙을 비롯한 몇 사람에게 붙잡혀 주방에 감금되다시피 해야만 했다.

"노야의 팔이 굴러다니고, 핏물이 거리를 넘쳐흐르는 데도, 누구 한 사람 나서는 이가 없었습니다. 가주께서 직접 나서실 때까지 그 목숨을 붙잡고 쳐다보지도 않았잖습니까."

어린 나이에 본 광경은 철혼의 머릿속에 뚜렷이 남아 있다.

저들은 어른이니 뭔가를 해줄 것이라 믿었는데, 끝까지 시선을 돌린 채 벌벌 떨고만 있었다.

"십 년 전의 일이 다시 벌어질 겁니다. 그들이 당신들이 보는 앞에서 서른 명의 목을 자를 수도 있습니다. 그때에도 그렇게 목숨을 붙잡고 숨어 있는지 두고 보겠습니다."

화가 나 떠오르는 대로 쏟아낸 철혼은 자리를 박차고 일어나 식당 밖으로 나가 버렸다.

"염병! 그날 저 어린놈한테 무슨 꼴을 보여준 것이오?"

왕 노인이 잡아먹을 듯이 노려보자 세 명의 노인은 당황한 표정을 짓더니 자리에서 일어나 밖으로 나갔다.

왕 노인은 그 모습을 바라보다 식탁 위의 술병 중 하나를 집어 던졌다.

요란한 소리와 함께 술병이 박살 났다.

복수라는 꽃말을 가진 제절초(弟切草)로 담근 술이 사방으로 튀었다.

"염병할 세상!"

＊　　　＊　　　＊

가슴이 답답하다.

십전철가의 공기만 유독 무겁게 깔린 느낌이다.

시간을 가늠해 보니 해시초(亥時初:저녁 9시~10시)가 된 것 같다.

술 좋아하는 이들이 한참 술에 빠져 있을 시각이다.

딱 좋다.

귀신의 손을 가진 이리를 낚기에는.

홍화루(紅花樓).

술과 창기가 있는 곳이다.

광주에는 다섯 개의 기루가 있고, 그중 규모로 따지면 세 번째인 곳이다.

홍화루의 주인은 등룡곡주다.

등룡곡은 광주에서 제법 멀다. 작은 산을 넘어야 한다.

거리로 보면 광주가 가깝지만, 불산(佛山)으로 가는 길이 더 잘 닦여 있다.

등룡곡주는 광주에 홍화루만 남기고 불산에 전념했다.

불산의 자존심이라 불리는 영웅루(英雄樓)가 있지만, 영웅루만 무너뜨릴 수 있다면 불산을 거머쥘 수 있다는 계산이었다.

홍화루에는 귀장랑(鬼掌狼)을 남겨두었다.

그 정도는 되어야 귀도림, 백룡보 등이 함부로 엿보지 못할 거라는 계산에서였다.

다시 말해 홍화루는 귀장랑의 세상이나 마찬가지였다.

"마셔라! 마셔! 나 귀장랑이 뭘 두려워하겠느냐! 야, 뭐해? 홀라당 벗겨놓아야 출래?"

술 취한 목소리가 홍화루 삼 층을 통째로 울렸고, 진한 술 냄새가 창밖으로 흘러나왔다. 창문에는 창기들의 춤사위가 사내들의 음욕을 자극할 정도로 음탕하게 그려지고 있었다.

하늘에는 손톱달이 안간힘을 쓰고 있지만, 지붕 위에 우뚝 선 묵빛의 그림자를 밝히기에는 역부족이었다.

콰직!

돌연 묵빛의 그림자가 지붕을 뚫고 사라졌다.

한참 술판이 벌어지고 있는 삼 층으로 뛰어 들어간 것이다.

음악이 멈추고, 춤을 추던 창기들의 비명이 어지러운가 싶더니 이내 쥐 죽은 듯한 침묵이 내려앉았다.

"……."

오십 쌍의 시선과 오십 개의 칼.

그리고 육중한 체구의 중늙은이.

술 냄새가 진동하고 있지만, 술을 입에 댄 자는 단 한 명도 없다.

"철방의 늙은이한테 덮어씌운 일은 내가 한 일이니, 날 찾아와야 했겠지."

묵직한 목소리가 실내를 울렸다.

실내의 한가운데에 선 철혼은 오십 명의 살기를 담담히 받아내며 전방의 중늙은이를 똑바로 바라봤다.

귀장랑(鬼掌狼).

십 년 전, 귀면살(鬼面殺)과 함께 서문 노인에게 호되게 두들겨 맞고 복귀하는 귀도림의 무인들을 중간에 죽였던 자다.

"놈! 내가 기다리고 있었을 줄은 몰랐을 게다."

"과연 그럴까?"

"뭐?"

철그럭! 철그럭!

귀장랑이 이맛살을 찌푸린 순간, 철혼이 걸음을 옮기기 시작했다.

귀장랑은 당당한 철혼의 모습에 자리에서 일어나며 크게 일갈했다.

"죽여라!"

사방에서 귀장랑의 수하들이 일제히 달려들었다.

충분치 않은 공간을 더욱 비좁게 만들며 사방에서 밀고 들어왔다.

귀장랑은 양손에 살기 어린 공력을 운집하며 철혼을 주시했다.

　수하들을 상대하느라 틈이 보이면 벼락 같이 파고들어 일장에 머리통을 으스러뜨릴 채비를 갖추었다.

　'멍청한 놈, 이렇게 비좁은 상황에서 철곤 따위로 무얼 할 수 있단 말이냐!'

　두 자루의 묵곤을 뽑아 드는 철혼의 모습에 비웃음을 흘리는 귀장랑. 하나 그 비웃음이 놀람으로 바뀌는 건 한순간이었다.

　빠악!

　측면에서 달려들던 자의 머리통이 일격에 부서지고, 크게 휘두른 왼손의 철곤이 반대편에서 달려드는 칼들을 한꺼번에 쳐냈다.

　그리고 빙글 도는 신형을 따라.

　퍽! 퍼퍽! 빠바바박!

　두 자루의 묵곤이 광풍을 일으켰다.

　걸리는 족족 두들기고 박살을 냈다.

　가장 앞쪽의 여섯 명이 단숨에 쓰러지자 주춤하는 적들.

　철혼은 귀장랑을 향해 성큼 한 걸음 내디디며 좌수의 철곤을 빛살처럼 뻗었다.

　회전하는 전사경을 머금은 철곤이 한 놈의 가슴팍을 파고들었다.

　"컥!"

　외마디 비명.

심장이 으스러져 뒤로 넘어갔다.

이때 허공을 쪼개며 날아드는 칼, 철혼의 머리를 쪼갤 기세다.

하나 소용없다.

오른손의 철곤이 강하게 후려치자 맥없이 튕겨나가 옆의 동료의 얼굴을 때리고 만다.

"엇!"

"악!"

깜짝 놀라 비명을 토하는 자.

그럴 새가 어딨나? 전광 같이 휘둘러진 두 자루의 철곤이 얼굴을 가격하고, 어깨를 후려친다.

얼굴이 함몰한 자는 즉사였고, 어깨가 부서진 자는 그 자리에 주저앉고 만다.

"죽어라!"

고함을 지르고 달려들어 보지만, 소용없다.

현격한 힘의 차이를 결코 극복할 수 없어서다.

빡!

얼굴의 반이 뭉개지고, 의식은 황천강을 건넌 채 픽 고꾸라진다.

양 떼 속으로 뛰어든 맹수.

딱 그런 형국이다. 애초 상대가 되지 못한다는 걸 알았어야 했다.

"동시에 공격해라!"

귀장랑의 외침에 퍼뜩 정신을 차리고 한꺼번에 달려든다.

하나 두 자루의 철곤은 근접전에 특화되어 있다. 이런 난전이라면 더더욱 무서운 힘을 발휘한다.

땅으로 꺼지듯 철혼의 신형이 확 낮아지더니 두 자루의 철곤이 빙글 도는 신형을 따라 사방을 후려갈겼다.

퍽퍽퍽퍽퍽퍽퍽퍽퍽퍽!

다리뼈가 부러진 자들이 한꺼번에 쓰러지고, 그와 동시에 철혼의 신형이 쏜살처럼 전방으로 튀어나갔다.

퍽퍽!

당황하는 자들의 머리통을 두들기고, 맹수가 갈대밭을 가로지르듯 일순간에 통과해 버렸다.

"헉!"

워낙 순식간에 벌어진 일이라 깜짝 놀라는 귀장랑.

철혼의 신형이 눈앞에서 사라졌다 싶더니 앞쪽의 수하들이 물살 갈라지듯 갈라지며 눈앞에서 불쑥 튀어나오니 어찌 놀라지 않을까.

귀장랑 역시 산전수전 다 겪은 자답게 당황하지 않고 쌍장을 거푸 뿌렸다.

"……!"

걸리는 게 없다.

철혼이 두 걸음 앞에 가만히 서 있으니 그럴 수밖에.

"묻고 싶은 건 딱 하나다."

"흥! 내 목이 떨어진다 한들 입을 열 것 같으냐!"

"그래, 제발 그래라. 그래야 맘껏 두들길 수 있지."

이십여 명을 쓰러뜨리고도 호흡하나 흐트러지지 않은 철혼이 입가를 비틀어 웃었다.

그 새하얀 미소를 보니 귀장랑의 가슴이 덜컥 주저앉았다.

＊　　　＊　　　＊

"홍화루가 공격을 받았답니다."

"뭐야?"

난데없는 보고에 등룡곡주가 고개를 확 쳐들었다.

"간밤에 괴한이 난입하여 이십여 명을 죽이고 루주를 잡아 갔다고 합니다."

루주는 귀장랑을 말한다.

등룡곡주는 아직도 이해할 수 없다는 얼굴로 보고를 하는 총관을 쳐다봤다.

"십전철가의 애송이가 돌아왔다는 보고를 드렸지 않습니까."

"그놈이라는 거야?"

"복장이 그렇다고 합니다."

"무공은?"

"철곤 두 자루를 썼다고 합니다."

"놈이 철마방도를 둘로 쪼개고, 흑살필(黑殺筆) 원적기의 목을 잘랐다며?"

“예.”

“그럼 놈이 서문 늙은이의 굉뢰도를 일통경(一通境)까지 익혔다는 거잖아?”

“그렇겠지요.”

“그런 놈이 쌍곤까지 익혀? 그것도 이십을 죽이고 귀장랑을 납치할 수준까지? 그게 말이 된다고 생각해? 놈의 나이 이제 스물둘에서 서넛 정도잖아?”

“하지만 괴한의 복장과 얼굴의 흉터가……”

“다시 설명해 봐.”

“뭘 말입니까?”

“괴한이 홍화루를 어떻게 공격했는지 처음부터 차근차근 말해 보란 말이다.”

“예. 루주는 철마방의 애송이가 자신을 찾아올 것 같았는지 수하를 오십이나 삼 층으로 불러 함정을 팠다고 합니다. 그런데 그걸 모르는 놈이 지붕을 뚫고 들어와……”

총관의 보고가 자세히 이어졌다.

등룡곡주는 다 듣고 나자 이맛살을 찌푸렸다.

“복면을 한 것도 아니고, 복장을 달리한 것도 아니라면 자신의 정체를 감추지 않겠다는 거잖아?”

“그렇지요.”

“그런 놈이 지붕을 뚫고 들어와?”

“기습을 하려고 그랬겠지요.”

“귀장랑 앞에서 태연히 말까지 했다며?”

“예.”

“그렇다면 귀장랑의 무위를 우습게 여기는 거잖아?”

“그, 그렇지요.”

“그 정도의 실력자가 기습을 해?”

“사람들의 눈에 띄지 않으려고 그랬겠지요.”

“내 말이 그 말이야. 자신의 정체를 감추지 않으려고 복장과 얼굴을 그대로 드러낸 작자가 사람들의 눈에 띄지 않으려고 어둠을 틈타 지붕을 뚫고 기습을 해? 뭔가 이상하잖아?”

“그럼 곡주님의 생각은 놈이 아니라는 겁니까?”

“이렇게 좋은 기회를 어찌 마다할까?”

“그 말씀은……?”

“사람의 눈은 믿을 게 못 돼. 기다려 봐. 아직 확실치 않으니 지켜보면 답이 나오겠지.”

*   *   *

사람을 납치하는 일은 그렇게 어렵지 않다.

보는 눈이 없다면 좋겠지만, 있어도 크게 문제될 건 없다. 간혹 정의를 심장에 꽂고 사는 놈들이 끼어들기는 하지만 피만 볼 뿐이다.

가장 납치하기 좋은 상대는 역시 계집이다.

무공을 모르는 계집, 똑똑한 계집이라면 더더욱 좋다. 멍청한 계집은 울고불고 난리를 친다. 어리석은 정의감을 부추기고 결국 피를 보게 만든다.

그런 면에서 보면 이번 납치 대상은 최상이다.

다섯 걸음을 유지하고 에워쌌다.

그리고 동행을 요구했다. 물론 험악한 인상과 함께 날이 시퍼런 육도를 슬쩍 보여주었다. 겁주는 데는 푸줏간의 육도가 제격이다.

육도를 보는 순간 살이 갈라지고 뼈가 잘리는 몸서리쳐지는 광경을 상상하기 때문이다.

토끼처럼 놀란 얼굴이 예쁘다.

예쁜 눈으로 이리저리 둘러본다. 그리고 체념한다.

소리쳐 보았자 피만 볼 뿐이라는 걸 알아차렸으니 똑똑한 계집이라는 증거다.

문제는 함께 있는 계집이다. 친구인가? 아니면 시비? 뭐가 되었든 하얗게 질린 얼굴이 금방이라도 소리를 지를 태세다.

이럴 땐 즉효약이 따로 있다.

퍽!

기절한 계집을 부축하며 슬쩍 웃어준다.

사악하게 보일지도 모른다. 바라는 바다. 바들바들 떨며 따라온다.

똑똑한 계집은 이래서 편하다.

하지만 재미가 없다. 긴장감 같은 게 없다.

철방 계집이라고 들었는데, 구하러 올 놈이나 있을지 모르겠다. 있었으면 좋겠다. 간만에 난도질하는 손맛 좀 보게.

                    *   *   *

　“화옥이가 아직도 돌아오지 않았다. 지금껏 다른 곳에서 자
본 적이 없는 애다. 그게 무엇을 의미하겠느냐? 그들의 소행이
다. 그놈들이 화옥이를 잡아간 것이 틀림없단 말이다. 이 일을
어찌할 테냐?”

　“초조하십니까?”

　“넌 그렇지 않은 것이냐?”

　“이런 일이 벌어질지도 모른다는 생각은 안 하셨습니까?”

　“넌 알고 있었단 말이냐?”

　철 가주의 목소리가 떨린다.

　생각과 실제의 차이다. 혹은 설마하며 그런 일은 벌어지지
않을 것이라고 단정 짓고 있었을지도 모른다.

　아직 놈들에 대해 제대로 알지 못하고 있다는 뜻이다.

　어쨌거나 이제라도 느꼈으리라. 죽음이 곁에 있고 혹독한
대가를 치르게 될지도 모른다는 것을.

　문득 드는 의문, 후회하고 있을까?

　“다시 묻겠습니다. 각오가 되셨습니까?”

　“이놈아! 화옥이가…….”

　철중양은 입을 닫았다.

　자신을 바라보는 한 쌍의 눈, 너무 차갑다. 냉정한 게 아니
라 냉혹하게 보인다.

변해도 너무 변했다. 어찌 이렇게까지 변했을까?

서문 노야를 능가하고, 저들 모두를 상대할 힘이 있을 때 돌아오라 했었다.

그런데 돌아왔다.

똑똑한 놈이었으니 굳이 물어볼 필요는 없다. 냉철하게 변한 모습에 마음이 놓이기까지 했다.

그래도 이건 아니다. 냉철한 얼굴 안에 뜨거운 가슴이 있어야 한다. 한데 그게 느껴지지 않는다.

냉혹, 냉혈… 그렇게만 보인다.

“내일, 내일까지다. 화옥이가 내일까지 돌아오지 않으면 그들을 찾아갈 것이다. 그리되면 모든 게 끝이다. 그만 나가보거라.”

축객령을 내렸음에도 물러가지 않는다. 얼음장처럼 차가운 얼굴로 응시한다.

“돌아올 것입니다. 틀림없이.”

밖으로 나온 철혼은 입매를 비틀어 웃었다.

‘납치라…….’

저들이 하는 행동은 누군가의 예상과 한 치의 어긋남이 없다.

어떻게 그럴 수 있는지.

이런 일이 일어날 것이라는 걸 예견한 사람의 머릿속을 들여다보고 싶다.

고개를 들어보니 손톱달이 여전히 안간힘을 쓰고 있다.

어둠이 사방을 짓누르고 있다.

누군가를 겁주기에 충분한 어둠이다.

'그럼 만나러 가볼까?'

철혼은 어둠속으로 걸음을 옮겼다.

*　　　*　　　*

흐트러진 침상.

한차례 뜨거운 폭풍이 지나쳐 갔는지, 아직 그 여운이 침상 곳곳에 남아 있다.

터질 듯한 젖가슴에 번들거리는 땀방울, 거칠어진 호흡.

입에서는 단내가 났고, 몸은 오뉴월 엿가락처럼 축 늘어졌다.

거침없던 열락은 끝이 났다. 하나 그 여운이 남았다.

만족한 미소와 함께 몽롱한 느낌을 조금씩 현실로 이끈다. 이 느낌이 사라지기 전에 잠이 들면 더할 나위 없이 좋다. 하지만 아쉽게도 바람일 뿐이다.

문득 여인이 이불을 끌어당긴다.

땀이 식으며 한기가 느껴지는 모양이다. 한데 여인의 눈에 문득 의문이 떠올랐다.

그녀를 열락으로 이끈 사내의 거친 숨소리가 뚝 멎은 것이다.

바로 그 순간, 사내의 알몸이 용수철처럼 튀어 올랐다.

두 다리가 허공에서 사납게 교차했다. 한 번의 호흡에 열여덟 번을 내찼다.

흑도에서 맹위를 떨쳤던 철우십팔퇴(鐵牛十八腿)다.

한데 걸리는 게 없다.

사내가 당황했다. 순간 무지막지한 철곤이 사내의 머리통에 작렬했다.

빠악!

사내가 맥없이 나가떨어졌다.

"웬 놈이냐?"

정신을 차리자마자 소리쳤다.

그러자 무겁게 깔린 음산한 목소리가 들려왔다.

"흑혈도부(黑血屠斧) 구포라!"

철마방의 방주 구포라는 흠칫했다.

자신의 정체를 알고 있어서가 아니다. 설마하니 모르고 여길 찾아왔겠는가. 그가 놀란 것은 사내의 음성 때문이다.

음성만으로도 그의 가슴을 서늘하게 만든 것이다.

'고수!'

구포라는 어둠에 묻힌 괴한을 살폈다.

어둠보다 더 짙어 보이는 장포, 그리고 붉은 검상.

구포라가 눈을 부릅떴다.

"넌……"

"내일 정오까지 돌려놓지 않으면 허창(許昌)에 세 구의 시체
가 뒹굴게 될 것이다."

구포라는 오한이 든 듯 잘게 떨었다.

그가 알기로 중원에 허창이라 부르는 곳은 단 한 곳뿐이다.
그리고 그곳에는 그가 숨겨놓은 핏줄이 있다. 언제가 되었든
향후 모든 것을 정리하고 돌아갈 곳이다. 그의 미래가 거기에
있었다.

묵빛 장포는 사라졌다. 그럼에도 구포라는 일어날 줄을 몰
랐다.

"누, 누구 없느냐?"

그가 밖을 향해 소리친 것은 거의 반각이나 지난 후였다. 그
는 가장 신뢰하는 수하를 불러 무언가를 지시했다. 그리고 그
수하가 이끄는 십여 명이 소리 없이 철마방을 빠져나갔다.

*　　　*　　　*

독질(毒蛭) 두곽.

성질이 잔인하고 무자비하여 인간 이하의 짓만 골라 하는
놈이다. 나름 처세까지 할 줄 알아 여태 홍등가를 지배하고 있
다.

삼십여 명의 노류장화가 그를 위해 몸을 팔았고, 이십여 명
의 독사 같은 놈이 그를 수족처럼 따랐다.

지금 두곽은 짜증이 일어나고 있었다.

이번 일을 하면서 받은 돈은 없지만, 자신에 대한 무언의 인정, 그것이 대가이기에 그리 불만은 없었다.

그런데 그들은 이번 일에 세 명의 낭인을 따로 고용했다. 보아하니 모두 한 가락씩 하는 놈들이다.

마찬가지로 불만은 없다.

이따금 그들에게 고용된 낭인들을 이곳에서 지내게 해주었으니까. 그러려니 한다. 그러면 된다.

불만은 그들이 아니라 그들이 고용한 세 놈에게 있다.

세 명의 낭인이 그의 행동에 제동을 걸었기 때문이다.

미끼에 손대겠다는 것이 아니다. 함께 끌려온 계집에 손대겠다는 거다. 어차피 덤이지 않은가.

덤이 어찌 된다고 해서 물건에 손상이 가는 건 아니다.

한데 세 놈이 건드리지 말라고 나선다. 간만에 싱싱한 맛 좀 보려고 했더니 방해꾼의 등장이다.

이곳은 자신의 영역이다. 그런데두 목이 뻣뻣하다 못해 눈을 내리깐다.

그 모습을 보고 있자니 살심이 서서히 눈을 뜨기 시작했다.

“죽이든 씹어 먹든 내 맘이다.”

“그러지 않는 게 좋을 거야.”

두곽의 눈이 가늘어졌다. 그의 수하들이 육도를 움켜잡았다. 그럼에도 세 명의 낭인은 움직이지 않는다.

회색 장포에 방립을 깊이 눌러썼다. 전형적인 낭인들의 모습이다.

‘삼귀(三鬼)라고 했었지?’

귀수(鬼手), 귀혼(鬼魂), 귀도(鬼刀).

두곽은 삼귀의 우두머리인 귀수를 쳐다봤다.

낭인으로 떠돌았다고 했다. 그렇다면 이런 일에 이골이 났을 터, 그럼에도 성인군자인 양 이렇게 나서는 이유가 무엇일까? 이해할 수가 없다.

좀 더 건드려 보면 알게 되겠지.

“호오! 끝까지 해보겠다는 거냐?”

자리에서 일어났다. 육도를 이리저리 휘두르며 도발해 본다.

그런데 전혀 예상치 못한 대답이 나왔다.

“손을 떼겠다.”

“……!”

“일이 끝나기 전까지는 사소한 것 하나라도 건드리지 않는다. 그게 우리 삼귀의 원칙이다. 그게 틀어지면 우리는 손을 뗀다.”

삼귀는 선택권을 넘겨줬다. 대신 주도권을 가져갔다.

두곽은 얼굴을 일그러뜨렸다.

*   *   *

태양이 머리 꼭대기를 향하고 있었다.

한 식경이면 놈이 말한 정오다.

구포라는 안절부절 자리에 앉지를 못하고 밖으로 나왔다.

초조와 불안, 자꾸만 정문을 쳐다본다.

"식사를……."

시비가 말을 꺼내기가 무섭게 손을 저어 쫓는다.

"방주님 이번 천리표국에……."

"만금장(萬金莊) 만 대인 생신 선물로……."

"백룡보에서……."

오늘따라 왜 이리 자신을 찾는 놈이 많은지, 구포라는 바쁘게 손을 내저었다.

얼마나 기다렸을까?

타들어가는 마음이 어느새 까맣게 재가 되어갈 때였다. 갑자기 철마방의 정문이 소란스러웠다. 괜스레 흠칫한 구포라는 굳은 듯 정문을 응시했다.

그때 정문이 활짝 열리며 밖을 지키던 이들이 온몸에 핏물을 뒤집어쓴 혈인을 부축해 왔다.

"방주님! 철귀(鐵鬼) 놈입니다."

순간 구포라의 가슴속에서 무언가가 쿵하고 주저앉았다.

철귀는 온몸이 쇠처럼 단단하다고 하여 붙여진 이름으로 구포라가 가장 아끼는 수하였다. 간밤에 그가 허창으로 보냈던 이가 바로 철귀였다.

"어떻게 된 것이냐?"

구포라의 물음에 철귀가 힘겹게 눈을 떴다.

"도중에… 전부 죽었습… 니다."

구포라의 얼굴이 핼쑥해졌다. 그는 크게 소리쳤다.

"독질 놈에게 알려라. 빨리 돌려주라고 알리란 말이다."

구포라의 고함에 몇 명의 수하가 황급히 뛰쳐나갔다.

*　　　*　　　*

"실패했습니다."

"강하더냐?"

"싸움은 벌어지지도 않았습니다. 철마방주가 그냥 돌려보냈습니다."

"뭐야?"

"말을 하지 않습니다만, 놈이 무언가 수를 쓴 게 분명합니다."

"그래서?"

"아쉽습니다만, 그래도 한 가지 소득은 있습니다. 놈도 무언가 준비가 있다는 겁니다. 걱정하지 마십시오. 그게 무엇이든 그 계집과 십전철가가 놈의 약점이라는 게 보다 확실해졌으니까요. 놈은 자신의 준비를 드러내면서까지 계집을 구했습니다. 그걸로 놈의 운명은 끝난 겁니다."

상대가 생각보다 강한 것은 문제가 되지 않는다. 피해가 조금 더 커질 뿐이다. 그러나 상대의 감추어진 패를 모른다는 것은 자칫 치명적인 상황이 벌어질 수도 있음을 의미한다.

놈의 약점이 확실해졌다고는 하지만, 놈의 준비를 정확히 알지 못하는 상황이다.

그럼에도 채방은 걱정하지 말라고 한다.

자신이 있다는 것인가?

하지만 무언가가 어긋나고 있는 느낌이다. 불안감이 스멀스멀 기어오른다.

"흐음!"

가득천은 무겁게 침음했다.

5장
약육강식을 안다면 날 건드리지 말았어야지

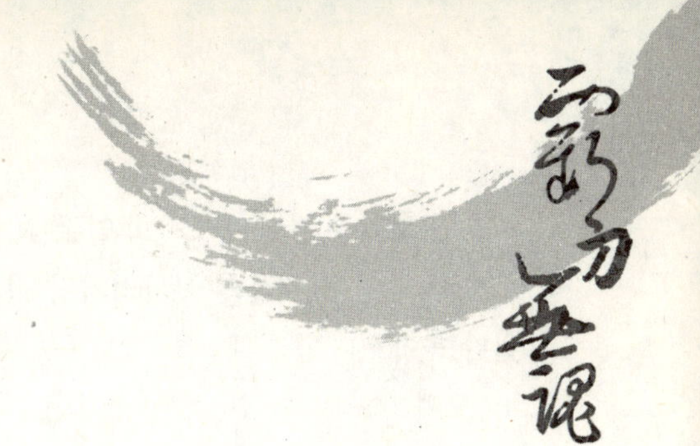

"화옥, 오빠가 돌아왔다."

문이 왈칵 열렸다.

오빠가 보였다.

가슴이 격동했다. 북받치는 감정을 주체하기 힘들었다.

오빠가 손을 내밀자 흠칫했고, 오빠의 손이 뺨을 감싸자 오빠에게로 무너졌다.

뜨거운 눈물이 흘렀다.

손을 들어 오빠의 얼굴을 매만졌다.

촉촉이 젖어 있다. 오빠도 눈물을 흘리고 있는 것인가?

울지 말라고 말해주고 싶다. 고개를 들어 오빠의 얼굴을 쳐다봤다.

순간 차가운 칼날이 오빠의 얼굴을 갈라버린다.

오빠의 뺨이 괴물의 아가리처럼 쩍 벌어지며 시뻘건 피가 왈칵 쏟아졌다.

'오빠!'

비명이 목구멍 안쪽에서만 울렸다.

철화옥이 꿈에서 깨어나자 익숙한 광경이 펼쳐졌다.

이십 년을 넘게 지내온 자신의 방이었다. 이리저리 고개를 돌려보아도 자신의 방이 분명했다.

'돌아온 건가?'

한데 불안감이 가시지 않는다. 혼자이기 때문이다. 누군가 곁에서 집에 돌아왔노라고 말해준다면 안도할 수 있을 것 같은데, 아무리 기다려도 찾는 이가 없다.

이불을 움켜잡고 불안에 떨던 철화옥은 결국 자리에서 일어났다.

무언가가 갑자기 튀어나올까 불안한 얼굴로 주위를 둘러보며 느릿하게 걸었다. 그리고 곧 창문을 열어젖혔다.

붉은 노을이 얼굴을 붉게 만들었다. 그리고 무척 익숙한 소리가 들려왔다.

땅! 땅! 땅!

철방의 망치질 소리였다.

"흑흑!"

그제야 안도의 울음이 터져 나왔다.

*   *   *

철혼은 어둑해지기 시작한 거리를 홀로 걸었다.

반겨하는 이 없으니 혼자 걸을 수밖에. 하지만 그는 혼자가 아니었다. 옅은 그림자가 길동무를 해주고 있었다.

오가던 사람들이 철혼을 발견하고는 흠칫 비켜났다.

광주상회 앞에서 벌어진 일이 이미 광주 땅 곳곳에 알려졌다.

십전철가에서 고용한 낭인이 철마방의 야차를 죽였다는 소문이다. 철혼을 아는 일부의 사람만이 십 년 전의 일을 이야기했다.

어쨌거나 잔뜩 부풀려진 행색이 지금 철혼의 모습과 같았다.

머리부터 발끝까지 흑색 일색인 사내.

사내답게 각진 얼굴에 유리알을 박아놓은 듯 번들거리는 눈이 뭔가 두려움 같은 감정을 불러일으키게 만들었다.

'…화옥!'

한걸음에 달려가 동생의 두려움을 걷어내 주고 싶지만, 그럴 수 없다.

걸음이 떨어지지 않는다.

동생으로 인해 나약해질까 봐 두렵다.

수라의 냉혹함이 몸 깊숙이 배어버린 지 이미 오래이지만,

사람의 마음은 결국 사람 때문에 무너지는 법이다. 냉혈한의 독기도 가족 앞에서는 봄눈 녹듯이 녹고 만다.

지금은 끝을 향해 무정하게 달려갈 때다.

감상 따위에 흔들려서는 안 된다.

흑수라 본연의 모습으로 그들의 숨통을 서서히 조여야 한다. 더 이상 참지 못하고 발톱을 드러내 광분할 때까지다.

'이해하리라 바라진 않으마.'

미안한 마음이다. 동생에게 죄를 짓고 있음이다. 그래도 가지 않는다.

저들이 스스로 지옥문을 활짝 열어버릴 때까지 결코 멈추지 않을 것이다.

그날, 저들이 지옥문을 활짝 여는 날이 오면, 그때 꺼내 버릴 생각이다.

흑수라(黑修羅)!

피와 목숨을 아귀처럼 씹어 먹는 괴물,

그날 그들은 진짜 지옥을 보게 될 것이다.

십 년 전, 그들이 내게 보여주었던, 참담하고 절망 가득한 지옥이다.

오래 걸리지 않는다. 단 며칠의 시간, 그것이 저들이 숨을 쉴 수 있는 마지막 시간이다.

걸음을 멈추고 고개를 들었다.

유등이 내걸린 현판이 보인다.

받은 게 있으니 돌려주는 게 인지상정, 이번엔 이쪽이 한 방

먹일 차례다.

씨익!

입매를 비틀어 웃으며 주루 안으로 들어갔다.

청화루(靑華樓).

안이 북적거렸다.

하루 일과를 마치고 지친 몸을 한 잔의 술로 달래는 시간이기 때문이다.

시장터를 방불케 할 정도로 시끌시끌했다. 이 층 역시 마찬가지였다. 많은 무인이 삼삼오오 모여 술잔을 부딪치고 있었다. 특히 한쪽에선 웃음꽃이 만발했다.

네 명의 공자와 두 명의 소저.

꽃이 있고, 향기가 있으니 벌이 날갯짓을 할 수밖에.

"그래서 내가 한마디 해줬지. 안 뽑히는 걸 보니 녹이 많이 슬었나 봅니다. 저렴한 대장간을 아는데, 소개시켜 주리까?"

"크크크! 자네 검을 빌려주지 그랬어?"

천리표국의 소국주인 동후평이 표행 중에 있었던 일을 이야기하고 있었다.

"그렇지 않아도 벌게진 얼굴인데, 그랬다가는 졸노를 일으켰을지도 모를 일이지. 그럼 사람들이 날 손가락질할 거야."

"아니, 왜요?"

"멀쩡하던 인간이 갑자기 쓰러졌으니, 사술을 썼다고 하지 않겠어!"

"크하하! 그도 그렇군."

"호호! 그런 사술이 있다면 저도 배워보고 싶네요."

"사술은 그놈에게나 배우라고, 두렵다고 픽 쓰러지는 능력이니……."

동후평의 얼굴에서 갑자기 웃음이 사라졌다.

그의 시선은 일 층에서 이 층으로 올라오는 계단 쪽으로 향하고 있었다.

함께 자리하고 있던 동료들이 무슨 일인가 싶어 고개를 돌렸다. 그리고 그들도 보았다.

이마에 묵건을 두르고 있는 사내를.

뺨의 굵은 상처가 꿈틀거리는 사내를 본 것이다.

철혼이었다.

철혼의 모습이 보이기 시작하자 여섯 명의 얼굴에서 웃음이 사라졌다. 그들도 귀가 있어서 철혼이 벌인 일들을 알고 있었다.

이 층으로 완전히 올라선 철혼은 여섯 명을 발견하고는 잠깐 멈췄다. 그러다 이내 고개를 돌리고는 한쪽에 자리를 잡았다.

그때 이제껏 이야기를 주도하던 동후평이 자리에서 벌떡 일어났다.

그는 동료들의 만류를 뿌리치고 철혼에게로 다가갔다.

막 주문을 받고 돌아서는 점소이를 확 밀쳐 버리며 차갑게 으르렁거렸다.

"미꾸라지 한 마리가 흙탕물을 일으키고 있다던데, 너냐?"

도발이고, 시비다.

객잔 안의 공기가 숨 막힐 듯 긴장하였다.

철혼이 고개를 들고 쳐다봤다.

숨소리조차 들리지 않을 정도로 고요한 신색으로 물끄러미 바라보았다.

그 모습이 동후평의 신경을 자극했다.

"철쟁이, 맞느냐?"

동후평이 입가에 비웃음을 달며 물었다.

어렸을 적에 몇 번 부딪친 적이 있었다. 하찮은 것들이 여기저기 싸돌아다니는 게 마음에 안 들어 손 좀 봐주려고 했는데, 게 중 한 놈이 보통이 아니었다.

이름은 잊어버렸지만, 철쟁이였다는 건 기억하고 있다.

"그때 코피가 터졌던 놈이군."

철혼의 대꾸에 동후평의 손이 검병에 닿았다.

그의 몸에서 날카로운 기운이 뭉클 일어나 철혼을 휘감았다.

살기다.

이 정도에 살기를 드러낸다는 건 수련이 부족하다는 뜻이다.

"놈! 칼을 뽑아라. 일검에 베어주마!"

동후평이 으르렁댔다.

그가 들은 대로라면 칼을 뽑는 데 주저하지 않는다고 했다.

흑도의 파락호를 쪼갰다는 말도 들었다. 하긴 그 정도의 칼
솜씨를 지녔으니 이렇게 혼자 활보할 수 있는 거겠지.

하지만 가소롭다.

겨우 흑도 나부랭이 하나 베었다고 의기양양 돌아다니는 꼴
이라니.

'놈! 하늘 위에 하늘이 있음을 지금 보여주마!'

놈을 벨 자신이 있다.

추혼십이검식(追魂十二劍式)의 절초 단월참(斷月斬)이라면
느끼지도 못할 사이에 목을 가를 터였다.

놈이 빠르다고는 했지만, 지금 이곳은 객잔이다. 식탁과 의
자들이 걸리적거린다. 그의 움직임은 제한받을 것이고, 속도
라면 놈에게 지지 않을 자신이 있다.

원래 검이 칼보다 빠른 법이다.

변화의 검, 힘의 칼이라는 말이 괜히 생긴 게 아니다.

끝이 뾰족한 양날의 검은 찌르고, 베는 데에 용이하게 만들
어져 있다. 칼에 비해 무게가 가벼워 좀 더 빠르게 휘두를 수
있다.

반면 한쪽 날만 가진 외날의 칼은 찌르기보다는 베는 데에
특화되어 있다.

빠르게 찌르고 베는 게 아니라 무시무시한 힘으로 일격에
가르고 쪼개 버린다.

'유란에게 똑똑히 보여주지. 이 몸은 백우 따위와는 차원이
다르다는 것을 말이야.'

철혼의 칼에 대해 들려준 이가 뒤쪽 자리에 있었다. 피부가 옅은 갈색이라 한 포기 들꽃처럼 생기가 넘쳐 보이는 상유란이었다.

전 총관을 베고, 백우의 목에 칼을 들이대는 모습을 코앞에서 보았다고 했다.

워낙 갑작스러웠고, 번개 같은 동작이라 백우가 반응을 보이지 못했다고 했지만, 진 건 진 것이다.

백우는 놈에게 당했다.

하지만 자신은 당하지 않는다. 오히려 보란 듯이 놈의 목을 잘라 버리겠다.

동후평의 손에 힘이 들어갔다. 두 눈에는 살심이 이글거렸다.

그러나 철혼이 칼을 뽑지 않았다.

대신 나직이 말했다.

"돌아가라."

"칼을 뽑으라고 했다!"

동후평이 으르렁거렸다.

금방이라도 검을 휘두를 듯 기세를 돋우었다.

그럼에도 철혼은 도를 뽑지 않았다. 앉은 채 가만히 쳐다볼 뿐이다.

그렇게 잠시간 대치했다.

동후평은 이대로 검을 휘둘러 놈을 베어버릴까 하고 고민했다. 놈을 죽일 수는 있을 터였다. 하지만 정당한 대결이 아니니 인정을 받지 못할 것이다.

비겁하다는 말을 들을 수도 있다.

상유란에게 빠져 있는 그로서는 목에 칼이 들어와도 하고 싶지 않은 행동이다.

미간이 찌푸려졌다.

다음 기회를 기다려야 할지 망설였다.

“비켜라.”

“뭐?”

“술이 왔으니 비키란 말이다.”

그제야 뒤쪽에 점소이가 와 있다는 것을 알았다.

결국 동후평은 검병에서 손을 뗐다.

“다시 날 보기 전에 돌아가는 게 좋을 거다.”

동후평은 싸늘한 시선만을 남기고 돌아갔다.

두 사람의 사나운 분위기에 가슴 졸이고 있던 점소이가 그제야 다가와 술병을 내려놓았다.

철혼은 기다렸다는 듯이 술병을 입으로 가져갔다.

분주였다.

혹시나 해서 시켜보았는데, 저번에 모중위와 마셨던 그 분주를 가져다주었다.

독한 분주가 목구멍 너머로 넘어가니 애써 가라앉혔던 마음이 이글이글 타올랐다.

철혼은 안주는 눈길조차 주지 않고 분주만을 연거푸 마셨다.

생각보다 녹록치가 않았다.

상대해야 할 자들이 그렇다는 게 아니다.

어렸을 적의 기억과 서문 노야에 관한 기억을 끌어안은 채 꾹 참고 있어야 한다는 게 곤혹스러웠다.

전장이라면 일거에 쓸어버리면 그만이다.

사도천(邪道天)과의 싸움은 그래서 좋았다.

이것저것 생각할 필요가 없었으니까.

하지만 이곳은 다르다. 전장이 아니다.

대의명분(大義名分)!

천하영웅맹의 율법!

칼을 뽑는 걸 막고 있는 놈이다.

일거에 베어버리고 싶지만, 그럴 수가 없다. 그래서도 안 된다.

살귀가 되어 날뛴다면 누구보다 먼저 서문 노야가 무덤에서 뛰쳐나올지도 모를 일이다.

그리고 자신을 믿고 있는 분을 실망시키게 된다.

그래서 꾹 참고 있다.

꾹 참고 이유를 만들고 있다. 이유가 합당하면 더 이상 주저할 필요가 없다.

지금 이곳에 있는 것도 그러한 이유를 만들기 위해서다.

제대로 된 미끼를 걸기 위해 참아준다.

단지 그뿐이다.

'너희는 미끼일 뿐이다. 그러니 주저 말고 건드려라.'

철혼은 비릿하게 웃으며 술병을 입으로 가져갔다.

"생각해 보니 이곳에서 피를 보기는 그렇더군. 게다가 놈이 겁을 먹었는지 칼을 뽑지 않으니 비겁하게 공격할 수가 없어서 그냥 돌아왔다."
동후평이 돌아와 한 말이다.
그는 자리에 앉으며 슬쩍 상유란을 살펴보았다.
별다른 행동 없이 가만히 바라보고만 있다.
'아쉽군. 일검에 베어버렸다면 저 눈이 달라졌을 텐데.'
동후평은 아쉬움을 접었다.
"잘했다. 오늘만 날이 아니잖아. 그리고 잘은 모르지만, 어른들께서 무언가 준비를 하는 모양이야. 그러니 그냥 지켜보자."
목소리를 죽여가며 말한 이는 풍림당의 소당주 유이강이었다.
"어른들께서 손쓸길 기다릴 필요도 없어. 기회를 봐서 내가 단단히 혼을 내줄 생각이다."
동후평은 스스로에게 다짐하듯 말하면서 상유란을 바라봤다. 한데 그녀는 자신을 보고 있지 않았다. 철혼을 보고 있었다
동후평은 가슴에서 불길이 이는 것을 느꼈다.
지독하리만치 뜨거운 질투의 불길이었다.
"란매는 어떻게 생각하지?"

"어른들은 어른들이고, 우린 우리죠."

"역시 란매와는 말이 통하는군."

"글쎄요, 같은 뜻이 아닐 수도 있을 걸요."

"……!"

그러고 보니 돌아보지도 않은 채 대답을 하고 있다.

계속 놈만을 주시하고 있다.

동후평의 눈빛이 이글거렸다.

"란매, 무얼 보고 있지?"

"저 사람, 왜 혼자……."

상유란이 돌아봤다.

이상한 느낌이 들어 돌아본 것인데, 동후평의 표정이 잔뜩 일그러져 있었다.

상유란은 입을 다물고 무슨 일이냐는 표정을 지었다.

그 표정이 동후평의 심사를 더욱 비틀어 버린다는 것을 알지 못한 채였다.

"벌써 꼬리를 마는 걸 보니, 정말 겁을 집어먹은 모양이군."

유이강의 말이 모두의 시선을 한곳으로 돌려놓았다.

철혼이 움직이고 있었다.

손에는 술병이 들려 있었다.

'저럴 리가 없는데……!'

상유란이 의아한 표정을 지었다.

백룡보에서 보았던 모습은 잔뜩 굶주린 한 마리의 늑대였다.

동후평 정도 되는 이에게 꼬리를 감출 그가 아니었다.

동후평이 어려서부터 표행을 따라다니느라 실전이 많아 또래 중에서는 발군의 솜씨를 자랑하고 있지만, 상유란이 목격한 철혼의 움직임은 그 정도가 아니었다.

"란매, 세상은 약육강식의 논리가 지배하는 곳이야."

고개만 돌려 상유란의 표정을 확인 한 동후평의 입가에 조소가 매달려 있었다.

상유란은 대꾸하지 못했다.

아니, 대꾸할 까닭이 없었고, 철혼이 도망치듯 돌아가는 이유도 알지 못했다.

얼음장처럼 차가운 표정, 유유자적한 걸음은 여전했지만, 술병을 집어든 채 돌아가는 모습은 시기적으로 좋지 않았다.

누구라도 그가 동후평에게 겁을 먹고 돌아가는 것이라 믿을 터였다.

하룻밤만 지나고 나면 그 소문이 파다하게 퍼질 것이 분명했다.

바보가 아닌 이상 그 같은 상황을 모르지 않을 터인데, 왜 지금 돌아가는 것일까?

상유란의 머릿속이 복잡해졌다.

"송충이는 솔잎을 먹고, 버러지는 땅속을 기어 다니는 법이다. 그걸 잊지 않는다면 머리통 하나쯤은 간수할 수 있을 것이다."

동후평이 객잔 안의 모두가 들으라는 듯 크게 소리쳤다.

계단으로 향하던 철혼의 걸음이 멈추어진 건 바로 그때였다.

걸음을 멈추고 고개를 돌렸다. 완전히 돌아선 건 아니었다. 감정이 느껴지지 않는 무미건조한 시선을 던질 뿐이었다.

"뭘 보느냐! 목숨이나마 부지하고 싶다면 그 길로 떠나는 것이 좋을 것이다!"

유이강이 손가락질하며 소리를 질렀다.

역시나 멍청한 물고기처럼 덥석 미끼를 문다.

눈이 있어도 보지 못하고, 귀가 있어도 제대로 듣지 못한다.

가문의 후광에 오만이 몸에 배인 자들.

철혼은 속으로 조소하며 그들을 향해 다가가기 시작했다.

"말을 못 알아들은 것이냐!"

유이강이 다시 소리쳤다.

그러나 목청과는 달리 기세가 조금 죽었다. 유이강은 어른들이 나누는 대화를 엿들었다.

철혼이 상당한 실력자이니 완벽한 함정을 파서 죽여야 한다는 내용이었다.

그러나 동후평은 그 같은 이야기는 듣지 못했다. 그가 아는 것이라곤 평소 만만히 보던 백룡보의 전 총관이 덤볐다는 것 정도였다.

"그래, 진즉 이렇게 나왔어야지."

동후평이 자리에서 일어났다.

오른손은 검자루를 굳게 움켜쥐고 있었다.

철혼이 계속 다가왔고, 객잔 안의 공기가 잔뜩 긴장하였다.

다섯 걸음쯤 남았을 때였다.

"한 걸음만 더 움직이면 죽는다."

동후평의 목소리가 비릿하게 깔렸다.

철혼은 무시하고 계속 걸었다.

순간.

쒸악!

동후평의 검이 허공을 갈랐다.

한 점 망설임도 없었다. 그가 할 수 있는 가장 빠른 속도로 철혼의 목을 노렸다.

그러나 검끝에 걸리는 게 없었다.

목이 베어질 찰나의 순간 목과 얼굴이 뒤로 반 자쯤 물러나는 것 같은 착각이 들었을 뿐이다.

'피했어?'

동후평의 얼굴이 굳었다.

그러나 실전을 수차례 겪어본 그답게 곧장 검적을 되돌려놓았다.

턱!

'무슨……?'

동후평의 눈이 커졌다.

거친 손길이 막 검적을 되돌리는 팔을 막았다.

쭉 뻗은 검끝에 있던 자가 언제 한 걸음 다가왔는지, 그 움직임을 인지하지도 못했다.

퍽!

막대한 충격이 두개골을 강타했다.

흔들리는 시선 속에 철혼의 손에 들린 술병이 보였다.

"이놈!"

고함을 지르고 검을 휘둘렀다.

퍽!

두개골이 깨질 것 같다. 정신이 다 혼미해지고, 세상이 둘로 흔들려 보인다.

그리고 여전히 술병이 보였다.

"약육강식을 안다면 날 건드리지 말았어야지."

철혼의 목소리가 들렸다.

비웃음이다.

동후평은 악에 받쳐 소리쳤다.

"죽여 버린다!"

검이 움직였지만, 세 살배기가 파리를 쫓는 듯 힘이 실리지 않았다.

퍽!

술병이 다시 한 번 강타했다.

동후평의 세상이 칠흑 속에 잠겨 버렸나.

요란한 소리를 내며 저쪽의 식탁을 뒤엎고 쓰러지는 동후평.

철혼은 시선을 돌려 유이강을 바라봤다.

달려들 엄두도 내지 못하고 있는 유이강.

수치심에 얼굴이 벌개졌지만, 유이강은 끝내 움직이지 못했다.

그게 실전을 겪어본 자와 그렇지 못한 자의 차이였다. 동후평은 쓰러지기 직전까지 검을 휘두르려고 했지만, 유이강은 기세가 눌린 것만으로도 움직이지 못했다.

철혼은 유이강을 지나쳐 자리에 있는 자들을 훑어보았다.

동후평과 유이강 외에도 두 명의 청년이 보였고, 상유란과 또 한 명의 여인이 자리하고 있었다.

여섯 명이 자리하고 있던 식탁에는 온갖 요리가 가득했는데, 값비싸 보이는 술병과 그릇들로 화려하게 차려져 있었다.

일반 서민들은 죽을 때까지 구경도 못할 술상이었다.

게다가 열 명이 배를 채우고도 남을 양이었다.

철혼의 두 눈에 분노가 차올랐다.

"아비는 양민들의 고혈을 짜고, 자식놈들은 그 고혈로 이렇게 흥청망청 배를 불리는 것이냐!"

일갈을 토하며 쥐고 있던 술병으로 내려치니 '와자창!' 하는 요란한 소리와 함께 식탁이 쪼개지며 온갖 산해진미를 담고 있던 값비싼 그릇들과 고급 술병들이 박살 났다.

당연하게도 음식물과 술이 사방으로 튀었고, 자리에 있던 이들의 옷자락을 덮쳤다.

"꺄악!"

"헉!"

아연실색하는 꼴들이 참으로 가관이었다.

철혼은 한쪽에 멍청히 서 있는 유이강을 향해 손을 뻗었다.

"전낭!"

"예?"

철혼이 쏘아보자 유이강이 흠칫하며 품에서 전낭을 꺼내주었다.

"무공만 뛰어난 줄 알았더니, 금전을 강탈하는 솜씨도 뛰어나군요."

상유란이 자리에서 쏘아보며 말했다.

그녀 역시 음식물을 뒤집어쓰고 있었다.

철혼은 차가운 눈길을 던졌다.

"그래도 이자들 아비에 비하면 멀었을 거다."

"뭐요?"

더 이상 대화를 나눌 가치조차 없다고 여긴 철혼은 싸늘한 조소를 남기고 돌아섰다.

"즐길 수 있을 때 맘껏 즐겨둬라. 조만간 나락을 구경하게 될 테니까."

"멈춰요!"

상유란이 불렀지만, 철혼은 더 이상 대꾸도 않은 채 계단을 통해 아래층으로 내려가 버렸다.

그 뒷모습을 바라보는 상유란의 온몸이 부르르 떨렸고, 술병에 두들겨 맞은 동후평은 그때까지 깨어나지도 못하고 있었다.

$$* \qquad * \qquad *$$

퀴퀴하고 음침한 실내.

뿌연 담배 연기가 숨을 쉴 때마다 폐를 쑤셔대는 곳.

주사위 굴리는 소리와 승자의 환호와 패자의 탄식이 여기저기서 터져 나오는 곳.

바로 도박장이다.

흑도의 수입 중 상당 부분을 차지하는 곳이 바로 도박장인 만큼 이곳에 상주하는 칼잡이들의 실력은 군소문파 수장의 바로 아래, 혹은 그 아래와 비견될 정도로 강한 편이다.

"이것들이 감히 나 염마살혼검을 우롱해!"

살기등등한 고함이 도박장을 뒤흔들었다.

며칠 전부터 출입하기 시작한 뜨내기 낭인이다.

그동안 짭짤하게 따가더니, 오늘 자신의 돈까지 몽땅 털린 모양이다.

"내놔! 안 내놓으면 전부 죽여 버린다!"

검을 뽑고 살기를 뿌려댄다.

"여기 있소. 돌려줄 테니 소란 피우지 말고 돌아가시오."

쩔그렁 소리와 함께 전낭이 탁자 위로 던져졌다.

한쪽에서 곰방대만 빨고 있던 노인이다.

도박장 안의 중재자다.

노인이 나서서 해결하지 못한 충돌이 없다.

"아니지. 날 속인 대가도 계산해야 맞지 않겠어?"

자신을 염마살혼검이라 칭한 장한이 비릿하게 웃으며 검을 들이댄다.

노인의 소매에서 또 한 개의 전낭이 튀어나왔다.

"몇 개나 더 있을까? 아아, 걱정하지 말라구. 나도 머리가 있지, 여기서 더 욕심을 내면 지옥 끝까지 쫓아올 거라는 것쯤은 안단 말이지."

"지옥까지 도망치지도 못할 거요."

"뭐야? 지금 나 염마살혼검을 무시하는 것이냐?"

"말이 그렇다는 거요."

"고분고분 말을 잘 들어서 봐주는 줄 알아. 안 그랬다면 목이 뎅겅 잘리고 말았을 거다."

흉흉하게 거드름을 피운 장한은 두 개의 전낭을 집어 들고는 도박장 안의 사람들을 경계하며 천천히 움직였다.

"다음부터는 사람을 봐가면서 작당질을 해라."

조소를 내뱉은 장한이 도박장의 문을 열고 돌아섰다.

순간 그의 두 눈에 시퍼런 광채가 번쩍했다.

"……?"

자신이 본 게 무엇인지 의혹이 떠오른 순간.

장한의 머리통이 몸에서 굴러떨어졌고, 붉은 핏물이 분수처럼 뿜어졌다.

"밖에서 하라니까!"

도박장 안에서 곰방대 노인의 짜증이 들려왔다.

출입구에 핏물이 질펀했다.

말하기도 귀찮다는 듯이 수하들에게 손짓으로 치우라고 시키더니, 다시 출입문 밖의 어둠을 향해 말했다.

"방주께서 찾으시는 모양이다."

"무슨 일인데 날 찾는단 말이오?"

"네놈은 귀도 없느냐?"

"누가 알려주어야 말이지요."

"됐고, 마방으로 가봐라. 홍귀(紅鬼)도 부른 모양이다. 방주의 얼굴에 살기가 가득하다고 하니, 홍귀를 보더라도 시끄럽게 굴지 마라."

순간 도박장 밖의 어둠이 일렁인다는 착각이 일었다.

"꽤 대단한 놈이 나타난 모양이군."

"대단하지. 암, 대단하고말고. 굉뢰도는 정말 대단한 무공이었지."

곰방대 노인이 입매를 비틀어 웃었다.

과거의 기억을 떠올리고 있는 노인의 머릿속에 서문 노인이 처참한 죽음이 그려지고 있었다.

"그래서 더 짜릿했지만. 크흘흘흘!"

곰방대 노인의 웃음소리가 사이하게 울려 퍼졌다.

＊　　　＊　　　＊

빼앗은 전낭을 객잔 주인에게 넘겨준 철혼은 술이 반쯤 남은 술병을 든 채 밖으로 나왔다.

어둠이 드리워진 거리를 걷다 보니 참으로 쓸쓸했다.
예상보다 배는 더 답답했다.
전장에서처럼 일거에 쓸어버리고 싶은 마음이 요동쳤다.

―얽히고설킨 실타래는 하나씩 풀어야지, 쾌도난마처럼 잘
라 버리면 남아나는 게 없는 법이다.

해충보다 못한 자들을 어찌 남겨두라고 하십니까?

―네 마음 모르는 바는 아니다만, 그들은 적이 아니다.

적이 아니면 뭡니까?
대체 적의 정의가 무엇입니까?
이토록 살심이 들끓고 있거늘 어찌 적이 아니라고 말씀하시
는 겁니까?

―발치에 걸리적거린다고 돌들을 뽑아버리면 큰비에 흙들
이 쓸려 버리고 마는 법이다.

그럼 어찌합니까?

―모난 부분만 부숴 버리면 된다.

그나마 다행이군요.

부숴 버릴 곳이 있으니까요.

'모난 부분만 부수면 된다고 하셨습니까? 그렇게 하겠습니다. 대신 어찌 부수는지는 제가 결정합니다.'

철혼은 차가운 표정을 지으며 걸음을 멈췄다.

길가의 유등이 끝난 자리에 멈춰 서서 더욱 진한 어둠에 잠겨 있는 곳을 바라봤다.

커다란 거목이 자리한 곳, 일반 사람들의 육안으로는 아무것도 보이지 않을 곳이었다.

"이거 알아차린 건가?"

이죽거리는 목소리였다.

어둠이 일렁이며 한 사람이 천천히 다가왔다.

차가운 밤공기가 사내의 등장으로 인해 후텁지근하게 변하기 시작했다.

"오 장 앞에서 간파하다니, 감각이 대단하군."

다섯 걸음 앞에서 걸음을 멈춘 사내.

봉두난발하여 얼굴이 잘 보이지 않았다.

오른손에는 검집도 없는 철검을 쥐고 있고, 허리춤에는 호로병이 걸려 있다.

걸친 옷은 무복이 분명하나 얼마나 오랫동안 빨지 않았는지 제 색을 잃어버린 지 이미 오래였고, 퀴퀴하다 못해 썩은 내가 진동했다.

"누구지?"

"분주인가?"

"널 죽일 사람."

"분주라고 하더군."

동시에 묻고 동시에 답한 두 사람.

철혼의 기운은 차가웠고, 사내의 기운은 들끓었다.

하나 그것도 잠시.

"한 모금 할 수 있을까?"

사내가 물었고, 철혼은 다가가 술병을 내밀었다.

사내는 잠시 바라보더니 술병을 받아 입으로 가져갔다.

꿀꺽꿀꺽!

목울대가 시원한 소리를 내며 움직였다.

"크! 좋군!"

소맷자락으로 입을 닦으며 술병을 돌려주는 사내.

철혼은 말없이 돌려받았다.

"자신감인가? 전혀 긴장하지 않고 있군."

사내가 스윽 쳐다보며 말했다.

철혼은 할 말이 없는 듯 묵묵히 바라볼 뿐이다.

"철마방주를 건드렸더군. 실수했어. 보기보다 무서운 자거든. 제 것을 지키기 위해서리면 혈육도 버릴 정도지. 조만간 다시 보게 될 거야. 철마방의 이름으로."

"철마방이 그리 대단한가?"

"대단하지."

"그릇이 작군."

“뭐?”

“배포가 작다고 해야 하나?”

“무슨 뜻이지?”

“그 검, 주인을 잘못 만난 것 같군. 철마방 따위에 얽매여 있으니까, 검이 길을 찾지 못하는 거다.”

철혼의 말에 흠칫하는 사내.

의표를 찔린 듯 당황한 기색을 드러내더니 곧 퉁명스레 내뱉었다.

“도발하지 마라. 오늘은 싸우러 온 게 아니니까.”

“그럼 왜 왔지?”

“철마방주를 그토록 살기등등하게 만든 자가 누구인지 궁금해서 와봤다. 겸사겸사 확인할 것도 있고 말이야.”

“그래, 궁금증이 풀렸나?”

“그런 것 같아.”

“잘됐군.”

철혼의 말에 사내는 입매를 비틀어 웃었다.

조소라기보다는 흥미롭다는 기색이 역력했다.

“다음에 볼 때는 내 검을 보여주지.”

사내가 한쪽으로 비켜섰다.

철혼은 잠시 사내를 바라보다 걸음을 옮겼다.

다섯 걸음 정도 걸을 때였다.

“그 복장, 들은 적이 있다.”

사내가 말했다.

그러나 철혼은 무시하고 어둠 너머로 사라졌다.

"상관없다는 건가?"

사내가 혼자 중얼거렸다.

*   *   *

"철혼이 분명하다고 하더군."

"역시 그랬군. 그때는 참으로 쾌활한 아이였는데……."

"그런 일을 겪었는데, 누군들 변하지 않겠는가?"

"그런 소리나 하자고 모인 게 아니지 않나? 쓸데없이 시간 낭비하지 말고, 어찌할 것인지나 말해보게."

"흠… 안 되겠지?"

"서문 노야도 당해내질 못했는데, 그 아이라고 별수 있겠는가? 그리고 지금은 그때보다 세력이 더 커졌잖은가? 아무래도 혼자서는……."

"그러니까, 어찌할 거냔 말일세."

"지켜보는 수밖에 도리가 없네."

"지켜보자고? 그 아이 혼자 계란으로 바위를 치는 꼴을 숨어서 지켜보자는 건가?"

"그럼, 어찌하는가? 함께 계란으로 바위를 칠까? 그때처럼 앞뒤 안 가리고 나설 수는 없지 않겠는가?"

"그래서? 앞으로도 계속 이렇게 저들을 위해서 살 작정인가? 자네, 며칠 전에 비단 열 필 석 자를 반값에 넘겼지? 그리고 자네는 돼지 스무 마리를 대가없이 잡아주었지? 자네는 또 어떤가? 산서성에만 가면 누구나 알아낼 수 있는 분주 제조법을 은 열 냥에 억지로 사들였지 않은가? 계속 그리 살겠다고? 모두들 그런 생각인 것인가?”

“어쩔 수 없는 일 아닌가?”

“미안하네.”

“이해해 주게.”

“저들이 무슨 짓을 벌일지 모르는 일 아닌가?”

“됐네. 모두들 그렇게 살게. 철혼이 돌아왔으니 난 더 이상 그리 살지 않을 것이네.”

십여 척의 어로선(漁撈船)을 가지고 있는 석 노인이 자리를 박차고 일어나 밖으로 나가 버렸다.

남은 이들은 서로의 눈치만을 살폈다.

엉덩이는 꿈쩍도 하지 않은 채.

6장

칼은 뽑으라고 있는 거야

　　"심장이 찔리거나 목이 베어져 죽었습니다. 세 놈은 손목이 잘렸는데, 한 놈은 손도끼에 당했고, 두 놈은 단도에 의해 잘렸습니다."

　　"단도하고 손도끼라고?"

　　"자신들의 병기에 당했습니다."

　　"뭐야?"

　　"놈은 자신의 무공을 드러내지도 않았습니다."

　　"으음."

　　"뭔가……."

　　"말해보게."

　　"경고가 아닐지."

"그렇게 생각하는 이유는?"

"놈에게 보낸 네 명은 강문오악(江門五惡)이라는 놈들입니다. 한 놈이 죽어 넷입니다만, 제법 악독한 데가 있어 만만치 않은 걸로 압니다. 그런 자들을 상대하면서도 굳이 무공을 보여주지 않은 이유는 좀 더 제대로 된 자들로 보내라는 경고가 아닐지."

"흠, 감히 경고를 해? 그만큼 자신이 있다는 건가?"

"만사 불여튼튼이니 그렇게 보는 것이 만일의 경우를 위해서도 좋을 것 같습니다."

"좋아! 굉뢰도를 완성했다고 보고, 그에 걸맞게 대우해 주지."

*　　　*　　　*

"최소한 우리와 동격으로 여겨지오."

"뉴 당수께서 그리 보셨다면 그렇겠지요."

천리표국의 국주인 동중산의 말에 모두들 고개를 끄덕였다. 얼굴 표정에 심각성이 엿보이지 않았다.

백룡보의 보주 백문초와 풍림당의 당주 유가원만이 돌처럼 굳어 있을 뿐이다.

유가원은 깊이 가라앉은 눈으로 모두를 둘러보았다.

모두들 자신을 한 수 아래로 내려다보고 있음을 잘 안다. 자신이 그 사실을 알고 있다는 것 또한 알고 있을 것이다. 그럼에도 아닌 것처럼 말하고 행동한다.

비웃음을 감춘 채 대등하게 대해준다.

수치스럽지만 생각해 볼 필요가 있다.

저들의 오만일 뿐인가?

백룡보의 일로 확연하게 깨달았다.

자신은 철혼을 직접 보고서야 가늠했지만, 백문초는 싸움의 흔적만을 가지고 가늠해 냈다. 십 년을 절치부심했건만 격차는 줄어들지 않았던 것이다.

'내 능력이 미치지 못하는 것인가?

아니길 바라지만 그게 현실이다.

현실을 인지하니 말수가 적어지고, 그저 자리만 지키고 있을 뿐이다.

유가원은 홀로 동떨어져 갔다.

"내가 맡겠소."

백문초가 처음으로 입을 열었다.

유가원은 백문초의 표정을 살폈다.

단호한 표정이다. 무언가 결정을 내린 모양이다. 하지만 어딘가 모르게 조급해 보인다.

'결국 참지 못하는군.'

전 총관이 칼을 먹었고, 자식은 수치를 당했다. 그럼에도 놈을 치지 않았다. 상황을 주도면밀하게 분석하고 자중했다. 보통의 심기로는 있을 수 없는 일이다.

나라면?

고개를 저을 수밖에 없다.

참지 않았을 것이다. 한걸음에 달려가 칼부림을 했을 것이다.

한데 백문초는 참았다.

자신에 비해 무공이 앞서고, 심기마저도 앞서고 있다. 어쩌면 절정에 올라선 것일 수도 있다. 그리 여겼다.

'완전치 않아! 아직 흔들리고 있어!'

지금껏 억누르고 억누른 게 틀림없다. 결국 도움을 청한 것일 뿐이다.

'다른 이들은?'

모두들 고개를 끄덕인다. 눈 깊숙이 비웃음을 담고서.

'마찬가지야! 심기일체를 이루지 못했어.'

결국 한 걸음 앞서고 있을 뿐이다. 모두들 절정을 이루지는 못했다.

절정은 깨어나야만 하는 경지. 지금의 격차쯤은 아무런 문제가 되지 않는다.

"내 생각에도 백 보주께서 맡는 게 좋겠소."

천리표국주 동중산이 한 말이다.

필요한 인력은 얼마든지 동원해 줄 것이니, 누가 맡느냐는 중요하지 않다. 그러나 백룡보는 다르다. 수치를 당했으니, 자존심을 회복해야 한다.

방법은 하나다. 놈을 죽이는 일에 앞장서는 것이다.

물론 놈을 죽이는 일은 정해진 결과일 뿐이다.

"좋소. 백 보주가 맡겠다면 믿고 맡기겠소. 하나 한 가지 명심할 건 다시는 이와 같은 일이 일어나지 않도록 단단히 손을 써야 한다는 거요."

"여부가 있겠소? 놈을 유야무야 방치한다면 세상이 우릴 어떻게 보겠소? 광주의 호랑이가 아니라 살쾡이라며 우습게 여길 것이오. 하니 서문 노인 때처럼 제대로 죽여야 할 것이오."

귀도림주와 천리표곡주가 단호히 말한다. 나머지는 고개를 끄덕인다.

백룡보주는 고맙다는 듯 가볍게 포권한다.

속내는 감추고, 겉으로는 화기애애하다.

십 년이 넘게 보아온 모습들이다.

유가원은 가볍게 웃었다.

이제 자신도 저 모습에 맘껏 동참할 수 있을 것 같았다.

"이제 놈을 어떤 식으로 죽일지 논의해 봅시다. 혹 유 보주께서 생각해 두신 방안이 있소?"

*　　　*　　　*

천리표국의 국수인 동중산은 성정이 차분하기로 유 명했다.

그러나 원래부터 그랬던 것은 아니었다.

지금 그의 아들 동후평 이상으로 자존심 강하고, 불같은 성격이었다.

도(刀)는 불같이 뜨거워야 하고, 검(劍)은 얼음 같이 차가워야 한다는 스승의 가르침이 있었기에 불같은 성정을 죽이고, 검로에 일로매진하여 추혼십이검식(追魂十二劍式)을 상당 수준까지 익혀냈다.

표국으로 돌아온 동중산은 정말 오랜만에 불같이 대노하였다.

어디서 곤죽처럼 두들겨 맞은 아들이 제 방의 기물들을 부수고 길길이 날뛰고 있었기 때문이다.

짝!

"아, 아버님!"

"누구냐?"

이글거리는 부친의 눈빛에 압도된 동후평은 가슴이 덜컥했다.

"이놈! 누구냐고 묻지 않았느냐!"

"십, 십전철가……."

"십전철가? 그놈한테 이 지경이 되었단 말이냐?"

"예."

기어들어 가는 목소리로 대답하는 동후평의 모습에 동중산의 두 눈에 불똥이 튀었다.

"앞장서라!"

"예?"

"십전철가로 앞장서란 말이다!"

동중산은 극도로 화가 났다.

만일의 경우를 대비하여 귀도림, 풍림당, 백룡보 등과 연계하기로 하였으나 그딴 건 아무래도 상관없었다.

놈이 서문 노인의 굉뢰도를 어느 수준까지 익혔는지는 모르지만, 자신 역시 그동안 상당한 진전을 얻었다.

이젠 서문 노인이 다시 살아와도 지지 않을 자신이 있었다.

그러나 그가 모르고 있는 게 있었다.

동후평을 이 지경이 되도록 두들긴 게 술병이었고, 그 술병이 깨지지 않았다는 사실이다.

술병이 쇠로 만들어지지 않은 바에야 그토록 강하게 후려쳤으면 산산이 박살이 나야 했다.

하지만 술병은 멀쩡했다.

실금조차 가지 않았다.

그게 의미하는 바는 하나다.

내력이 술병에 미쳤다는 것이다. 다시 말해 몸 안의 내력과 일념일치를 이루고 있음을 의미하니 곧 일체경(一體境)이다.

일각에서는 절정의 경지라고도 한다.

이는 몸속의 내기(內氣)가 칼끝까지 넘쳐흐르는 일기관통(一氣貫通) 경지, 즉 모두가 철혼의 무경일 거라 여기고 있는 일통경(一通境)보다 열 배는 더 무서운 경지다.

그러한 사실을 알지 못한 동중산은 동후평을 잎세우고 표국을 나섰다.

두 사람의 뒤로 다섯 명의 표두와 오십여 명의 표사가 줄을 이었다.

그러나 표국을 나선 지 일각이 채 되지 못해 걸음을 멈추어야 했으니.

"뭔가?"

분기가 탱천하여 금방이라도 검을 뽑을 것 같은 동중산 앞에 허리가 꾸부정한 노인이 길을 막고 섰다.

"어르신께서 경거망동하지 말라십니다."

"뭐?"

"놈의 무경이 심상치 않으니 한둘이 상대하기엔 벅찰지도 모르겠다고 하셨습니다. 그래도 가겠다고 하면 막지 말라고 하셨으니, 선택은 국주께서 하십시오."

노인이 비켜섰다.

동중산은 이를 갈았다.

"내가 놈을 죽여 버리면 어쩔 텐가?"

노인이 무슨 뜻이냐는 얼굴로 쳐다봤다.

"어르신의 뜻을 거부하면 어쩌겠느냔 말이다."

"가겠다고 하면 막지 말라고 하셨다고 분명히 말씀드렸습니다만?"

"그건 가지 말라는 뜻이지 않느냐!"

"글쎄요, 소인은 그저 어르신의 뜻을 전할 뿐입니다."

"내 자식이 그런 꼴을 당했는데도 참으라고? 좋다. 어르신의 뜻이 그와 같다고 하니, 참아주마! 하지만 다음부터는 참지 않을 것이니, 그리 전하라."

동중산은 싸늘히 돌아섰다.

폭발할 것 같은 살심을 보보마다 짓눌렀다.

　노인은 그런 동중산의 뒷모습을 차가운 시선으로 바라보았다.

　'자꾸 벗어나려고 들다간 끝이 좋지 않을 게다.'

＊　　　＊　　　＊

　아침이 밝았다.

　간단히 배를 채운 철혼은 젓가락을 놓았다.

　적당히 채워지지 않은 느낌, 몸도 마음도 가벼워 좋았다.

　오늘 아침부터는 이렇게 소식을 하려고 했다. 그러나 왕 노인이 타박했다. 잘 먹어야 힘을 쓴다는 것이다.

　하지만 칼을 든 자에겐 좋지 않다. 비워진 자리에 살기와 독기를 채워야 하기 때문이다.

　왕 노인의 채근, 결국 어제에 이어 오늘도 과식하고 만다.

　몸도 마음도 무겁다.

　그러나 썩 나쁘지 않다.

　유일하게 잘못 돌아오지 않았음을 느끼게 해주는 분이기 때문이다.

　"점심부터는 양을 줄이겠습니다."

　"눈치 보지 말고, 실컷 먹어. 사내는 배가 든든해야 배포가 서는 법이다."

　"죄송합니다. 배가 차면 칼이 둔해집니다."

　깜짝 놀라는 표정을 짓는다.

평생을 주방에서만 보낸 분이 무인들의 속을 어찌 알겠는가.

"그럼 진즉에 그렇다고 말을 하지. 어떡하냐? 가서 똥이라도 싸거라."

웃음이 절로 나온다.

그 어떤 말도 거리낌 없이 내뱉는 분이다. 어떤 의미로는 달관에 든 것일지도 모르겠다.

"조금 걷고 나면 가벼워집니다. 염려 놓으십시오."

평소와 다르게 말이 많아진다.

기분이 다르니 말수도 달라진 것이다.

그러나 내가 있어야 할 곳은 여기가 아니다. 승냥이 떼가 바글거리는, 보보마다 살기가 넘치는 거리다. 한순간의 방심이 모든 걸 앗아가 버리는 비정한 곳이다.

"알았다. 얼른 나가거라."

붙잡고 한마디라도 더 나눠보고 싶은 마음을 꾹 참고 있음이 보인다.

"그럼, 점심 때 뵙겠습니다."

"오냐. 얼른 가보거라."

왕 노인의 염려를 뒤로 하고 식당을 나섰다. 눈부신 햇살이 내리 비추고 있다.

그러나 마음이 급격히 가라앉는다.

'감 노인!'

꾸부정한 모습으로 쳐다보며 우물쭈물 망설이는 게 할 말이 있어 기다린 모양이다.

　─옛다. 무적패왕(無敵覇王)이 썼다는 패왕도(覇王刀)에 비하
겠느냐만, 나름 솜씨를 발휘한 것이다.

　땅방울을 훔치며 내민 것은 한 자루의 칼이었다.
　석 자 길이에 다섯 근의 무게.
　투박한 모습이 명도(名刀)와는 거리가 멀어 보였지만, 자신
을 진짜 무인으로 인정해 준 것 같아 무척이나 마음에 들었다.
　물론 십 년 전의 일이다.
　철혼은 감 노인 앞에 섰다.
　여전히 우물쭈물 망설인다. 참고 기다렸다. 인내라는 놈은
차고 넘쳤으니까.
　"밥은 먹었느냐?"
　한참 만에 꺼낸 말이다. 식구들 간에 으레 할 수 있는 말이
건만, 이 말조차 꺼내기가 이토록 버거운 사이가 되어버렸다.
　"예."
　짧게 대답하니 고개를 끄덕이며 한숨을 내쉰다.
　"휴! 갈 날이 멀지 않았는데도 피는 두려운 모양이구나."
　한숨 속에 미안함이 묻어난다.
　하나 그 미안함이 가슴에 와 닿지 않는다. 거짓이어서가 아
니다. 결국 서문 노야의 죽음은 자신만의 짐인 것이다. 그 사
실을 이곳에 와서야 깨달았다.

철혼은 무심히 내려다봤다.

주름지고 푸석해진 얼굴로 씁쓸히 쳐다본다.

"화영 누이는 잘 있습니까?"

"정가 놈에게 보냈다."

정가라면 약초꾼이다.

화영 누이에게 반해 산을 내려올 때마다 이곳을 기웃거리곤
했다.

약초를 판 대금의 절반쯤을 화영 누이와 감 노인의 환심을
사는 데 사용한다는 말을 엿들은 기억이 난다.

"저도 혼인하는 모습을 보여 드리고 싶었습니다."

서문 노인은 철화옥에 대한 칭찬을 입에 달고 살았다.

십 년 전의 일이 없었다면, 지금쯤 화목한 가정을 이루었을
지도 모른다. 철 가주 역시 자신을 싫어하지 않았으니까.

철혼의 말에 감 노인의 얼굴이 굳었다.

미안하고, 안타깝고, 당황스러운 표정이 복잡하게 얽힌다.
그러나 그뿐이다. 현실을 벗어나지 못할 것이다.

철혼은 살짝 고개를 숙여준 다음 돌아섰다.

"모두 죽을 거다. 가주도, 너도, 그리고 아가씨도 모두 죽는
단 말이다."

감 노인의 두려움이 등 뒤로 달라붙었다.

철혼은 뺨의 흉터를 긁었다. 그렇게 두려우면 이곳을 나가
면 그만이다.

철 가주가 그렇게 말한 것으로 아는데, 자신들은 자리를 지

키고 나더러 나가라고만 한다.

화가 난다.

짜증이 솟구친다.

하지만 참는다. 폭발시킬 데는 따로 있으니까.

"전 십 년 전에 죽었습니다."

십전철가의 정문 밖으로 나가는 철혼.

감 노인은 그 모습을 그늘진 얼굴로 바라보았다.

"저 아이의 입장에서는 당연한 일이니 이해해야 하지 않겠나?"

고 노인이 다가와 한 말이다.

감 노인은 고개를 끄덕였다. 그러나 실망스런 기운이 얼굴 한쪽을 차지하고 있다.

"이해야 하네만, 저 아이의 입장이 있듯이 우리에겐 우리의 입장이 있지 않나?"

"나중에… 저 아이도 알 날이 있겠지."

"그런 날이 오기나 할까?"

"단명할 상은 아니라고 했으니……."

한숨을 내쉬는 두 사람.

그런 두 사람을 멀리서 철중양이 지켜보고 있었다.

*   *   *

대나무 숲이 울창한 곳에 커다란 호랑이처럼 몸을 잔뜩 웅크린 모양의 전각군.

귀도림이다.

삼백여 명의 칼잡이가 승냥이 떼처럼 바글거리는 곳.

적어도 이곳 광주 땅에서만큼은 등룡곡, 풍림당, 천리표국 그리고 백룡보와 함께 금성철벽의 세력을 형성하고 있다.

철혼이 귀도림이 보이는 구릉에 올라선 건 십전철가를 떠난 지 반 시진 후였다.

"십전철가에서 오셨소?"

구릉을 내려가기도 전에 귀도림의 칼잡이들이 진을 치고 있다.

숫자는 이십에 불과하지만, 제법 잘 벼려져 있다.

물론 철혼에 미치기에는 한참 모자랐지만.

"그래."

철혼은 왼손으로 뒷짐을 지고 거만한 행동을 했다.

그러자 하나같이 얼굴을 붉히고, 눈썹을 치켜세워 성난 얼굴들을 한다.

오른손은 벌써 칼자루를 쥐고 있다. 기세를 일으켜 압박하려고 시도한다.

하지만 멀었다. 쓸데없는 만용일 뿐이다.

"칼은 뽑으라고 있는 거야."

철혼이 도발했다.

입가에는 비웃음을 잔뜩 달았다.

그럼에도 끝내 뽑지 못한다. 사전에 받은 명령 때문일 것이다.

함부로 상대하지 말라고 했겠지. 어느 정도인지 파악했을 터이니, 이들만으로는 어림도 없다는 걸 알고 있을 터.

그럼에도 이들을 배치한 건 자신의 행차를 미리 알겠다는 뜻이다.

저 앞에 바쁘게 달려가고 있는 놈이 그 증거다.

"뽑지 않을 거면 안내하지?"

철혼의 말에 이십 명의 칼잡이가 칼자루를 놓는다.

살기등등한 기세는 여전하지만, 그들만으로 할 수 있는 건 없다. 명령 받은 대로 안내하는 수밖에.

철혼은 유유자적 걸음을 옮겼다.

귀도림의 정문은 활짝 열려 있었다.

여기저기서 바쁘게 튀어나오는 승냥이 떼가 보였다. 그리고 그들을 지휘하여 진세를 만들고 있는 익숙한 얼굴도 보였다.

채방이다.

머리가 뛰어난 자이니 우선적으로 죽여야 하지만 주인보다 제 목숨을 우선 챙기는 얍삽한 면도 있으니 무리를 할 필요는 없다.

지금의 모습을 보니 그 판단이 옳았다.

행동하기보다는 늘 준비를 하고 대비책을 강구하는 자다. 직접적인 위험은 되지 않지만, 한 번 걸려들면 치명적인 위협을 준다. 그래서 위험하다.

하지만 대비책이라고 내놓는 것을 보니 잔꾀에 밝은 자일뿐이라는 게 확실하다.

아직 철혼이 얼마나 위험한지 제대로 인지하지 못하고 있다.

'차륜진인가?'

철혼은 내심 실소를 금치 못하며 성큼 걸었다.

일백이 훨씬 넘는 숫자가 앞마당에 빽빽하게 도열하여 공간을 줄여놓고 있다.

싸움이 일어날 공간을 채우고, 방위를 차단하여 운신의 폭을 줄여놓으려는 계책이다. 그런 후 칼이 날카로운 자들로 하여금 쉴 새 없이 부딪히게 하려는 속셈일 터.

힘이 빠지고 움직임이 둔화되면 그때 누군가가 나서려는 것이다.

그 누군가는 아마도 귀도림주일 터.

단순하지만 효과적이다.

특히 혼자인 상대를 처리하는 데 더할 나위 없이 좋다.

그러나 차륜진은 본시 흐름을 타야 제 위력을 발휘할 수 있다.

한쪽이라도 축이 무너지면 위력이 반감되고, 맹수를 풀어놓는 꼴밖에 되지 않는다. 우왕좌왕, 자신들 역시 운신할 공간이 없어 맹수에게 각개격파 당하기 십상이다.

그러한 맹점을 알고 있을까?

십전철가에서 보여준 기민한 반응을 보면 충분히 똑똑한 자이니 잘 알고 있을 것이다. 그럼에도 이곳에 차륜진을 준비했다는 건 자신감이다.

충분히 잡을 수 있다는 자신감.

과연 그럴까?

저들만으로 차륜진의 흐름을 유지할 수 있을까?

우습지도 않다.

"돈 받으러 왔겠지?"

"잘 알고 있군."

"당연히 잘 알고 있지."

과연 내뱉는 말에도 자신감이 묻어난다.

자연스러운 태도로 수하들의 배치를 점검하는 것도 잊지 않고 있다.

하지만 가소롭다.

사도천(邪道天)에서 가장 약하다고 하는 혈사대(血蛇隊) 스물만 데려다 놓아도 이들보다는 위협적이다.

"돈은?"

"줘야지. 당연히 주어야 하고말고. 그전에 우리가 받아야 할 것부터 받은 다음에 말이지."

채방이 씩 웃는다.

동시에 손을 들어 올리자 일백오십가량의 숫자가 동시에 기합을 질렀다.

"하— 압!"

쿠— 궁!

동시에 진각을 밟듯이 힘차게 발을 구르고, 칼을 뽑아 내미니 기세가 제법이었다.

사방에서 칼날이 번뜩였다.

철혼은 그 한가운데에 갇혔다.

"어디 서문 노인의 굉뢰도 구경 좀 할까?"

채방이 슬그머니 뒤로 빠졌다.

동시에 오십여 명의 칼잡이가 앞으로 나와 철혼의 주위를 에워쌌다.

이들이야말로 차륜진의 핵심이다.

귀도림에서 가장 빠르고 강한 자들일 터.

철혼은 차가운 미소를 지으며 칼자루를 잡았다.

그 동작만으로도 주변의 공기가 싸늘히 얼어붙었다.

전장을 지배하는 전신의 투기가 스멀스멀 피어오르기 시작했다.

일무는 다시 감추고 일부만 개방했다.

그것만으로도 충분했다.

씨— 익!

입매가 비틀어지고, 흰 이가 드러났다. 먹잇감을 노려보는 맹수의 으르렁거림이다.

그때였다.

키히히히히힝!

말발굽 소리가 요란하게 들려오는가 싶더니 말울음 소리가 긴장감을 깨뜨렸다.

"아가씨!"

정문 쪽에서 소요가 일어났고, 급기야 채방이 화급히 나서야 했다.

"모두 물러나라! 말을 잡아라!"

차륜진이 해체되고 새하얀 갈기를 가진 백마가 보였다.

그 위에 눈처럼 새하얀 바탕에 분홍 연꽃이 활짝 피어 있는 화려한 무복을 걸친 아리따운 소녀가 보였다.

"설풍(雪風), 진정해!"

설풍이라는 말의 고삐를 잡아당기고 목 언저리를 가볍게 치며 다독이니 백마가 금세 진정하였다.

소녀의 승마 솜씨가 상당하다는 것을 알 수 있었다.

쩔그렁!

철혼의 발치에 전낭이 뒹굴었다.

채방이 던진 것이다.

"가라."

차륜진의 중심이었던 오십여 명의 칼잡이로 하여금 소녀의 주위를 지키도록 하며 철혼을 경계하고 있다.

소녀가 싸움에 휘말리는 것을 염려하고 있음이다.

"재밌군."

철혼은 피식 웃으며 전낭을 집어 들었다. 그리고 채방을 향해 조소를 남기고 장내를 떠나갔다.

"어땠지?"

묵직한 목소리가 물어왔다.

채방은 돌아서서 정중히 대답했다.

"조금도 흔들리지 않았습니다."

"흔들리지 않았다고?"

부리부리한 범 눈의 중년인이 다소 놀랍다는 듯 물었다.

귀도림주 가득천이다.

채방은 공손히 대답했다.

"예. 이쪽이 눌리는 기세였습니다."

"역시 그런가?"

오늘의 일은 놈의 반응을 떠보기 위한 시험이었다. 애초 놈을 잡을 생각은 없었다. 그러려고 했다간 이쪽의 피해가 막중할 것인데, 그걸 감수할 이유가 없다.

놈은 죽는다.

그건 변하지 않는다.

문제는 누가 얼마나 피해를 입느냐다.

"백룡보에는?"

"알리지 않아도 될 것 같습니다."

"피해가 클 텐데?"

"이쪽의 피해가 아니면 됩니다."

"좋아."

가득천이 고개를 끄덕였다.

허락이다. 채방은 공손히 고개를 숙이고 물러갔다.

설풍이라는 백마를 타고 온 소녀 역시 공손히 포권하고는 물러갔다.

그녀는 가득천의 딸이 아니었다.

＊　　　＊　　　＊

철혼은 비릿하게 웃었다.

귀도림에서 눈에 빤히 보이는 수작을 해왔다. 알면서도 호
응해 준 건 저들이 알아낼 수 있는 건 한계가 있기 때문이다.

우물 안의 개구리는 우물 입구의 크기밖에 보지 못하는 법,
저들은 자신들의 그릇만큼만 보고 느꼈을 것이다.

그 그릇의 크기가 저들 스스로를 나락으로 떨어뜨릴 거라는
걸 알지도 못한 채 이러쿵저러쿵 판단하고 재단할 터.

참으로 우스운 일이다.

철혼은 비웃음을 흘리며 천리표국으로 방향을 잡았다.

천리표국(千里鏢局).

칼과 검을 쥔 표사가 오십여 명이고, 그 표사들을 거느리는
표두가 다섯이다.

상당한 실력사라고 알려진 총표두가 있고, 표국주인 동준산
이 있다.

표행을 나서다 보면 표물을 노리는 무리를 심심찮게 만나게
된다. 사라지는 건 사람의 목숨만이 아니다. 검과 칼 역시 잃
어버리거나 날이 상하게 된다.

그럴 때마다 찾는 곳이 철방이다.

날을 세우고, 혹은 날을 새로 만들기도 한다.

십전철가는 병기를 제작하는 솜씨가 여타 철방에 비해 월등하다.

십 년 전, 아예 없애 버리지 않은 이유다.

"너무 많습니다. 그 가격으로 하면 이문을 남기지 못합니다. 조금만 깎아주십시오."

상인으로 여겨지는 화의 중노인이 넙죽 허리를 접는다.

그러나 염소수염의 노인은 잔뜩 거드름을 피울 뿐 들어줄 생각이 없다.

"지금 이문이라고 하였는가? 허허! 이 사람, 표국업이 어디 장난인 줄 아는가? 사람 목숨을 걸고 하는 일일세. 자네 거래를 지켜주기 위해 열 명의 표사가 목숨을 거는 것인데, 지금 이문 운운하는 것인가? 이문을 남길 때도 있으면 본전 할 때도 있는 것이 장사라는 걸 알아야지. 쯧쯧!"

"지난번에도 이문을 남기지 못했습니다. 이번에도 남기지 못한다면……."

"그럼 딴 데 가서 알아보게."

광주에 표국이라고는 딱 한 군데뿐이다.

이미 십여 년 전에 광주의 모든 표국이 문을 닫고 말았다. 표행을 나갔다 하면 표물은 잃어버리고, 표사들은 돌아오지 못했다.

천리표국과 연계한 귀도림, 백룡보, 풍림당 등의 짓임은 확

인해 보지 않아도 너무나 명약관화한 일이다.

"서 총관 어르신, 제발!"

"어허! 이 사람, 딴 데 가보라지 않은가? 자네 이문을 우리가 어찌……."

"돈 받으러 왔습니다."

"돈? 뭔 소리……?"

갑자기 끼어든 목소리에 서 총관이란 자가 염소수염을 매만지며 돌아봤다.

밝은 대낮에 칠흑처럼 어두운 복장을 한 사내가 철그럭 소리를 내며 다가왔다.

누굴까 의문을 표하던 눈이 순식간에 커졌다.

"십, 십전철가?"

"그렇습니다."

"돈, 돈이라면……?"

더듬거리는 서 총관.

철혼은 그런 서 총관에게서 눈을 떼 장부를 들춰보았다.

"은으로 스무 냥이오. 무슨 금액인지도 알려 드리리까?"

"잠시만 기다려 주시오."

철혼이 조곤조곤 말을 했기 때문일까. 금세 신색을 회복한 서 총관이 기다리라는 말을 남기고 내원으로 사라졌다.

서 총관에게 쩔쩔 매던 화의 중노인이 철혼을 쳐다봤다.

십전철가에서 당당히 돈 받으러 왔다고? 그런 기색이 역력한 표정이다.

철혼과 관련한 근자의 일을 알지 못한 것이 틀림없다.

영세한 상인들은 한 푼이라도 더 벌기 위해 쉴 틈 없이 몸을 놀린다. 그 때문에 흔히 접할 수 있는 풍문조차 듣지 못하는 경우가 허다하다.

"돈을 주지 않을 텐데……."

염려 가득한 눈길로 중얼거린다.

제 코가 석자인 양반이 남 걱정을 하는 꼴이다. 하지만 그게 인지상정이다. 사람이라면 억울한 일을 보면 마땅히 분노할 줄 알아야 하는 법이다.

그럼 그 억울한 일을 만드는 이들은 뭔가.

탐욕덩어리다.

누군가를 짓밟아서라도 자신의 탐심을 채우고야마는 탐욕덩어리, 그 이상도 이하도 아니다.

"돈을 주도록 만들면 됩니다."

철혼은 가볍게 고개를 숙여보였다.

감사의 의미고, 걱정 말라는 뜻이다.

화의 중노인은 그제야 철혼의 허리춤에 걸려 있는 병장기로 시선을 돌렸다.

"십전철가에서 고용한 거요?"

철혼은 대답하지 않았다.

서 총관이 돌아오고 있었기 때문이다. 표국주 동중산과 함께였다.

"네놈이냐?"

"돌아온 어린놈이냐고 묻는 것입니까? 아니면 귀한 아드님을 묵사발로 만들어 버린 놈이냐고 묻는 것입니까? 같은 대답이니 그냥 예라고 대답해 드리면 되겠습니까?"

철혼은 보란 듯이 히죽 웃었다.

참지 말고 검을 뽑으라는 도발이었다.

"이, 이놈!"

동중산이 불 같이 화를 냈다.

그러나 진저리를 치듯 부르르 떨 뿐 검을 뽑지 않았다.

"돈! 그 돈을 주지 못하겠다면 어찌할 것이냐?"

"철가에서 총 예순아홉 자루나 되는 병기를 날을 세워주거나 새로이 만들어주었더군요. 그 숫자만큼 망가뜨려 드리겠습니다."

태연히 말하는 철혼의 태도에 동중산은 머리끝까지 화가 났으나 꾹 눌러 참았다.

"가지고 꺼지거라. 가서 철 가주한테 전하거라. 세상이 달라지는 게 쉬울지 아니면 네놈 머리통이 잘리는 게 쉬울지 잘 생각해 보라고."

"열흘입니다."

동중산이 진닝을 던졌고, 철혼이 그 전낭을 낚아채며 대꾸했다.

"뭐?"

"그 안에 새로운 세상이 열릴 것입니다."

열흘도 길다.

이삼 일이면 족하다.

열흘이라고 말한 건 이쪽이 그 날짜에 맞춰 준비를 하고 있다는 것을 알려주기 위함이다.

그러니 그전에 일을 도모하라는 뜻이다.

"진즉 이렇게 공정한 거래를 하였다면 서로 낯을 붉힐 일이 없었을 겁니다."

"놈! 꺼져라!"

"아드님을 살려 드렸으니 제게 빚진 겁니다."

"뭐라?"

"건방지게 저한테 검을 휘두르더군요. 일도에 참해 버리려다가 한 번이라 용서해 주었습니다. 잘 가르치십시오. 다음에 또 그러면 가차 없이 베어버릴 겁니다."

철혼은 씩 웃었다.

이렇게 말하는 데도 꾹 참는 동중산의 모습이 우스웠다.

광주의 사람들을 짓밟을 때는 당연하다는 듯이 여겼으면서 제 자신이 당하는 건 저렇게 수치를 당하는 것처럼 격분하고 있다.

수치가 맞다.

하지만 그걸 알아야 한다. 광주 사람들이 당한 것도 수치라는 걸, 인간으로서의 최소한의 존엄조차 짓밟힌 것임을 저들도 알아야 한다.

'당신들의 목숨으로 깨닫게 해주마.'

철혼은 조소를 남기고 돌아섰다.

철그럭! 철그럭!

철혼이 멀어져 갔다.

"넌 뭐야?"

동중산이 애먼 화의 중노인에게 화풀이를 했다.

"송구합니다."

화의 중노인이 넙죽 허리를 숙이고는 종종히 도망쳤다.

"어! 거래는 마저……."

서 총관이 손을 뻗었지만 화의 중노인은 저만큼 사라지고 난 후였다.

그때였다.

"저놈이 맞다고 하는군."

살기가 무겁게 실린 중후한 음성이 들려왔다.

서 총관과 동중산의 뒤로 몇 사람이 모습을 드러냈다.

등룡곡주와 몇 명의 무인이었다. 무인들은 철혼이 귀장랑의 홍화루(紅花樓)에 나타났을 때 그곳에 있었던 자들이었다.

좀 전에 철혼의 얼굴을 확인한 것이다.

"잘 참았네. 저놈 뭔가 심상치가 않네. 좀 더 주의를 기하는 게 좋을 것 같네."

"저놈 혓바닥은 내가 뽑을 것이니 그리 알게."

"그렇게 함세."

등룡곡주와 동중산의 살의가 얼음장처럼 차갑게 쏟아지고 있었다.

철그럭! 철그럭!

철마방, 백룡보, 풍림당, 등룡곡, 귀도림 그리고 천리표국.

광주를 지배하고 있는 거머리들로 반드시 사라져야 할 암적인 존재이다.

철마방의 무인들 도륙했고, 총관 흑살필(黑殺筆) 원적기의 머리통을 잘랐다.

백룡보에서는 보주 백문초와 의형제인 전추광의 가슴을 베었고, 백우가 반응하기도 전에 칼을 목에 들이대 자존심을 뭉개주었다.

풍림당에서는 순순히 나왔기에 아무 일도 없었지만, 자존심이 상했을 것이 틀림없고, 등룡곡과 귀도림 역시 마찬가지다.

건드릴 만큼 건드렸고, 보여줄 만큼 보여주었다.

피를 보았고, 자존심을 짓밟아주었으니 가만히 있지 못할 것이다.

그러니 이제 마지막 미끼를 던질 시간이다.

마지막 미끼는 선착장에 있다.

7장

그 날 모조리 죽인다

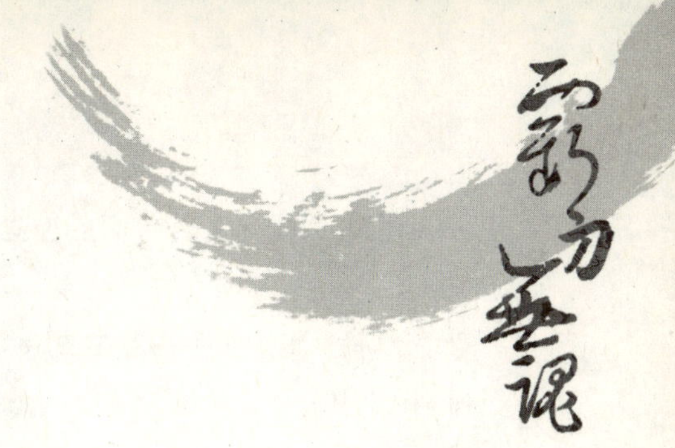

불산(佛山) 영웅루(英雄樓).

불산에서 영웅협객들을 만나려면 영웅루로 가라는 말이 있다.

그 말이 허언이 아닌 듯 땅거미가 지기도 전이건만 무인들과 주객들로 북적거렸다.

"놈들이 이곳에 있단 말이지?"

영웅루의 입구를 바라보며 차갑게 묻고 있는 얼굴이 악귀의 얼굴처럼 섬뜩하기 그지없다.

이름은 알려지지 않았고, 그저 귀면살(鬼面殺)이라고만 불린다.

십 년 전, 귀장랑과 함께 서문 노인에게 두들겨 맞고 돌아가던 귀도림의 무인들을 쥐도 새도 모르게 처치한 바로 그 귀면살이다.

광주보다는 불산에 뜻을 두고 있는 등룡곡의 선봉장으로 불산에 와 있었다.

반 시진 전, 귀면살의 수하들이 떠돌이 낭인들에게 흠씬 두들겨 맞았다.

그것도 불산의 사람들이 대거 지켜보는 가운데.

귀면살이 수하들을 이끌고 영웅루로 달려온 이유다.

"다섯 놈이라고 했지?"

"예, 분명 다섯이었습니다."

"좋아. 들어가자."

그러나 귀면살은 영웅루로 들어가지 못했다.

문이 열리더니 한 사람이 밖으로 나왔기 때문이다.

"황 루주!"

귀면살이 나직이 내뱉었다.

반듯한 이목구비를 가진 중년인이 귀면살의 앞을 막고 섰다.

영웅루의 주인인 황보중이었다.

황보중은 황가취권(黃家醉拳), 황가무영각(黃家無影脚)의 고수로 불산에서는 권각쌍절(拳脚雙絶)로 유명했다.

"술을 마시겠다면 환영이네. 하지만 싸움을 하겠다면 한 명도 들어갈 수 없네."

"알고 있었소?"

"불산에서 일어난 모든 일은 이곳 영웅루로 모이게 되어 있
네."

"알면서도 날 막겠다는 것이오?"

"영웅루는 황가만의 것이 아니네. 불산 무인들의 자존심이
네. 이곳에서 싸움을 벌이겠다는 건 불산 무인들과 척을 지겠
다는 것, 감당할 자신이 있으면 얼마든지 칼을 뽑도록 하게."

황보중은 팔짱을 끼고 섰다.

귀면살은 살의가 북받치고 올라왔다. 그러나 칼을 뽑을 수
가 없었다.

불산 무인들과 척을 질 수도 없었거니와 황보중의 실력이
만만치가 않았다.

소문만 따르자면 자신보다 우위에 있다.

'흥! 소문 따위는 믿을 게 못 돼!'

소문은 못 믿어도 황보중의 말은 믿어야 했다.

영웅루가 불산 무인들의 자존심이라는 말은 사실이었으니
까.

황보중을 밀고 들어가 싸움을 일으키면 영웅루 안에 있는
불산 무인들의 눈총을 받게 될 터, 은근히 술에 취하기 시작할
시산이니 결국엔 충돌이 빌어질 것이 지명했다.

그렇다고 놈들이 나올 때까지 바깥에서 무작정 기다리는 꼴
도 우스웠다.

자존심이 상하는 일이라 결코 그리할 수는 없는 일.

귀면살이 이러지도 못하고 저러지도 못해 부아만 극도로 치

밀고 있을 때였다.

"불산에 왔으면 불산의 예의를 지켜야겠지요?"

호탕한 음성과 함께 몇 사람이 밖으로 나왔다.

털북숭이 장한과 날카로운 기도의 장정들, 그리고 한 명의 여인.

합쳐서 다섯 명이다. 그리고 낭인 복장이다.

숫자도 적고, 뜨내기 낭인에 불과해 보인다.

하지만 그들의 모습을 확인한 순간 귀면살의 눈빛이 흠칫 가라앉았다.

'평범한 놈들이 아니다.'

살도를 익힌 귀면살이기에 살기에 민감하다.

낭인들을 대면한 순간 그의 기운이 요동치기 시작했다.

투기? 아니다. 호적수를 만나 겨뤄보고 싶은 투기가 아니다.

먹잇감을 노리는 살기도 아니다.

'이건… 몸부림이야!'

자신의 기운이 살고자 몸부림을 쳐?

믿을 수 없다는 듯 귀면살이 두 눈을 부릅떴다.

"시비가 붙었고, 싸웠소. 수긍하지 못해 이렇게 몰려왔으니 다시 싸우는 수밖에."

털북숭이 장한이 씨익 웃었다.

여인을 포함한 네 명의 낭인이 좌우로 벌려서며 자리를 잡았다.

자신의 싸움이 아니기에 황보중은 한 발짝 물러났다.

"환우멸절우주최강절대무적(寰宇滅絶宇宙最强絶對無敵)! 분쇄곤(分碎棍)! 널 두들겨 팰 이름이니까, 절대 잊지 마라!"

털북숭이 장한이 호탕하게 외치며 귀면살을 덮치려고 했다.

그러나 그보다 먼저 움직인 이가 있었다.

여인답지 않게 사내만큼 큰 체구의 여인이 질풍처럼 쇄도했다.

"살려달라고 빌지 마! 그럼 죽여 버릴 테다!"

그녀의 두 손에서 새까만 철곤 두 자루가 폭풍을 일으키고 있었다.

'강, 강하다!'

귀면살의 얼굴이 사색이 되었다.

*　　　*　　　*

선착장은 또 다른 별천지다.

탁자 서너 개만 갖춘 선술집들이 선착장 가까이에 다닥다닥 붙어 있다.

어슴푸레한 가운데 붉은 유등이 줄지어 걸려 있어 술과 색욕을 자극한다.

그 화려한 유혹 속에서 덩그러니 놓여 있는 초라한 손수레가 철혼의 눈을 잡아끌었다.

"그러지 말고, 오늘은 좀 놀다 가. 돈 안 받는다니까."

"고맙지만, 할 일이 있어 바쁩니다."

“바빠? 그럼 우리가 도와줄게.”

“그래요. 우리가 도와줄 테니까… 뭐, 원한다면 평생 도와줄 수도 있고. 안 그래, 언니?”

“아무렴, 이 짓을 청산할 수만 있다면 모 가가의 첩인들 마다하겠니?”

“어이쿠, 미안합니다. 죄송합니다. 워낙 모자란 놈인지라 아리따운 낭자들은 감당 못 합니다. 미용에 좋다는 봉밀주(蜂蜜酒) 한 단지 들여놓았으니 손님상에 내지 말고 두 분만 드십시오. 그럼 이만 실례합니다.”

여인네들의 유혹을 겸양으로 털어내며 밖으로 나온 청년이 손수레를 끌려다 철혼을 발견했다.

“어? 언제 왔어?”

“지금 막.”

“이야기는 듣고 있다만…….”

말을 멈추고 철혼의 위아래를 훑어 살피는 모중위.

어딘가 모르게 음습하고 불길함이 느껴지는 것 외에는 별 탈이 없어 보이자 안도의 눈빛을 드러냈다.

“날 만나러 왔을 리는 없고, 이곳에는… 설마?”

“그 설마가 맞을 거다.”

“안 돼.”

“왜?”

“그들이 누군지나 알고 있어?”

“설마 누군지도 모르고 찾아왔을까?”

"너 진짜……!"

"중위, 손수레를 끄는 네 모습, 정말 보기 좋다."

"흥! 한심하다고 얕보는 거냐?"

"자신의 길을 열심히 가고 있는데 누가 흉본단 말이냐?"

"그럼 너도 철가로 돌아가서 망치나 잡아."

"아니, 이게 내 길이다."

장포 자락을 들춰 허리춤에 걸려 있는 두 자루의 철곤과 칼 자루를 보여주는 철혼.

모중위가 눈살을 찌푸렸다.

"사람 죽이는 게 무슨……."

"그래, 사람 죽이는 일 따위나 하고 있다. 하지만 망치로 할 수 없는……."

그때였다.

늙수그레한 목소리가 끼어들었다.

"세상을 바로 잡는 일은 칼로만 할 수 있다. 망치와 수레로는 천년만년이 지나도 바꿀 수가 없다."

당당한 체구의 노인이 똑바로 다가왔다.

'석 노야……!'

열두 적의 신박을 가진 신주다.

남해에서 잔뼈가 굵은 분이지만, 승냥이 떼에 이리 뜯기고 저리 뜯기는 처지다.

"그간 강녕하셨습니까?"

정중히 인사했다.

자주 보았던 얼굴이 아닌 데다 십여 년 만에 보는 것인데, 알아볼지 모르겠다.

"무엇을 도와주면 되겠느냐?"

석 노인이 다짜고짜 물었다.

철혼은 고개를 흠칫 들었다. 그랬더니 석 노인이 단호한 얼굴로 말했다.

"무얼 도와주면 되겠느냐? 말만 해라. 이 늙은 목숨이라도 내놓을 참이니까."

그랬던가?

서문 노야를 잊지 않고 있는 분이다.

왕 노인이 그랬고, 석 노인 역시 잊지 않고 있다.

"안 됩니다."

모중위가 끼어들었다.

"뭐가 안 된단 말이냐?"

"광동해상(廣東海商)은 안 됩니다. 그들은……."

모중위의 대답에 석 노인은 철혼을 돌아봤다.

"알고 있느냐?"

"복수를 하겠다는 놈이 그만한 정보도 없이 나타났겠습니까? 놈이 해남도주의 자식이라는 것쯤은 알고 있습니다."

철혼의 대답에 석 노인이 모중위를 돌아봤다.

"자네는 친구라면서 이 아이가 어떤 성격인지도 모르고 있는가?"

"알고 있습니다. 하지만 해남도는……."

"해남도에 대해서는 잘 알고 있다. 그들의 무공은 물론이고, 숫자까지 소상하게 알고 있다. 하지만 그들은 나에 대해서 아무것도 모른다."

담담히 말하는 철혼의 두 눈 깊숙한 곳에서는 당장에라도 찢어발길 것 같은 맹수의 흉폭함이 소용돌이치고 있다.

어느 정도 경지에 오른 무인만이 읽을 수 있는 안으로 내재된 기운이기에 모중위가 그 같은 기도를 읽을 수는 없었다.

하나 물러서지 않을 결연함과 자신감 정도는 느낄 수 있었다.

"죽지 마라. 죽지 않겠다고 해라."

"그럴 일은 없다."

"알았다. 내가 안내해 주마. 이곳에서 그리 멀지……."

"내가 안내할 터이니, 자네는 하던 일이나 마저 하게."

모중위의 말을 석 노인이 잘랐다.

모중위는 머리를 저었다.

"제가 가겠습니다. 혹여 그들의 눈에 띈다면 무슨 해코지를 당할지 알 수 없습니다."

"그러니 내가 가겠네. 열두 척이 전부 만선을 해도 남는 게 없네. 난 더 이상 잃을 게 없으니 두려울 것두 없네."

석 노인의 말에 모중위는 할 말을 잃었다.

같은 광주 땅이지만, 선착장 부근은 시내 쪽 상황과는 또 달랐다.

시내 쪽과는 달리 숨조차 마음대로 내쉬지 못하는 곳이 바로 어업에 종사하는 사람들이었다.

"정말 자신이 있는 게냐?"

단호하게 말했지만, 철혼 혼자라는 것이 못내 마음에 걸리는 모양이다.

"십 년 전에 모든 걸 잃었던 접니다."

철혼의 대답에 석 노인은 한동안 바라보기만 하더니, 생각을 정한 듯 굳은 얼굴로 말했다.

"따라오너라."

앞서 가는 석 노인.

철혼은 모중위에게 짤막한 작별을 고했다.

"다시 말하지만, 넌 좋은 친구다."

잠시 후, 석 노인이 안내한 곳은 선착장이 훤히 바라보이는 곳에 자리한 번화가였다.

이 층, 삼 층으로 된 전각들이 대로를 따라 늘어서 있었다.

"광동해상은 서쪽이고, 그 망할 놈은 거기에 있을 거다."

광동해상이라는 네 글자가 새겨진 붉은 현판을 가리키더니, 곧이어 몇 채의 전각을 지나 남해루(南海樓)라는 황금빛 현판이 걸려 있는 주루를 가리켰다.

"정말 혼자서 되겠느냐? 여의치 않으면 내 전 재산을 처분해 줄 터이니, 그 돈으로 낭인들이라도 끌어모으는 게 어떻겠느냐?"

석 노인이 진지하게 말했다.

철혼은 진심으로 고마웠다. 하나 그렇게 할 수는 없는 일이었고, 석 노인의 도움을 받지 않아도 충분했다.

"보는 눈이 많습니다. 이곳에서 인사 올리겠습니다. 그럼!"

철혼은 정중히 포권한 후 남해루를 향해 성큼 걸었다.

뒤에 남은 석 노인만 안절부절못했다.

이때 당당히 걷는 철혼을 바라보고 있자니, 서문 노인이 흐뭇한 얼굴로 자랑삼아 하던 말이 떠올랐다.

─그릇이 태산처럼 크고, 무언가를 행할 때는 범처럼 신중하니 장차 크게 대성할 아이라네. 두고 보게, 광주, 아니, 광동성을 넘어 천하에 이름을 떨치게 될 것이네.

'제발 그랬으면 좋겠소.'

석 노인은 발길을 돌리지 못하고, 철혼이 남해루 안으로 사라지는 모습을 지켜보며 자리를 지켰다.

그리고 석 노인의 등 뒤로 몇 개의 그림자가 나타났다.

"어떻게 오셨수?"

건장한 체격의 장한들이 철혼을 막아섰다.

근자에 광주를 뒤흔들고 있는 입소문을 들은 모양인지 경계심이 가득한 모습이었다.

"광동해상의 상주를 만나러 왔다."

철혼은 담담히 말했다.

장한들은 곤혹스러워했다. 철혼이 소문의 주인공이냐고 감히 물을 수도 없었고, 그렇다고 광동해상의 상주에게 안내할 수도 없었다.

"예서 기다려 주십시오. 안에 기별해 보겠습니다."

제법 얍삽한 이가 그렇게 말하며 안으로 총총히 사라졌다.

그냥 밀고 들어가려던 철혼은 생각을 바꾸고 가만히 기다렸다.

그렇게 조금 기다리고 있자니 어수선한 소리와 함께 칼잡이들이 우르르 몰려나왔다.

그런데 지금껏 보았던 귀도림이나 백룡보의 무인들과는 복장이 조금 달랐다.

하나같이 소매가 없는 조끼처럼 생긴 무복을 걸치고 있어 무인이라기보다는 뱃사람처럼 보였다.

허리에 걸고 있는 칼은 박도나 환도와는 달리 칼날의 폭이 얇고 길었다.

'해남노의 무인들.'

들은 대로다. 기세가 다르다.

상대가 누구라도 두려워하지 않고 달려들 기세다.

좋은 자세다.

철혼이 내심 고개를 끄덕이고 있을 때였다.

해남도의 무인들이 이 열로 늘어서서 길을 열었다. 상주를 만나려거든 자신들 사이를 지나가라는 뜻이다.

지나가는 와중에 칼질을 해댈 수도 있다는 듯 얼굴에 살기가 가득했고, 오른손은 칼자루를 움켜잡고 있었다.

철혼은 피식 웃었다.

기꺼이 그들이 열어준 길을 걸었다.

수십 명이 두 줄로 쭉 늘어서서 자신들 사이를 지나가는 철혼을 향해 살벌한 기세를 쏟아냈다.

담이 약한 자라면 몇 걸음 걷지도 못하고 주저앉고 말았을 것이다.

그러나 철혼은 시종일관 담담했다.

표정 한 번 바꾸지 않고 그들 사이를 걸었다.

살갗을 곤두서게 만드는 살기가 거세게 요동쳤지만, 철혼은 유유자적할 뿐이었다.

장포 안쪽에서 철곤과 칼이 부딪치는 쩔그럭 소리가 흘러나왔다.

해남도 무인들의 압박은 전혀 통하지 않았다.

계단을 오르고, 기다란 회랑을 지난 복도 끝에 화려하게 치장된 문이 보였다.

철혼이 당도하자 문이 저절로 열렸다.

문 안쪽으로 이십여 명의 무인이 양쪽으로 줄지어 앉아 있었다.

철혼은 성큼 들어섰다.

그러자 반대편 문이 열렸다. 그리고 또다시 이십여 명이 보였다.

철혼은 주저 않고 움직였다.

또다시 문이 열렸다.

그리고 보이는 광경.

철혼이 있는 대로 눈살을 찌푸렸다.

겁간?

그게 아니면 무엇일까? 틀림없다.

나체의 소녀가 선 채로 축 늘어져 있었다.

천장에서 내려온 줄이 두 손을 묶어 머리 위로 잡아당겨 쓰러지지 못하게 만들었고, 그런 소녀의 엉덩이 뒤에서 이십대 중후반으로 보이는 구릿빛의 장한이 거칠게 밀어붙이고 있었다.

젖가슴이 출렁거리고 있는 소녀의 사타구니에서는 붉은 핏물이 흘러내렸고, 구릿빛의 장한은 고개만 돌려 씩 웃었다.

"백룡보의 전 총관을 날려 버린 철쟁이가 맞나? 맞다고 해주라. 이 짓도 따분하던 참이거든."

해남용가(海南龍家)의 이 공자, 용태천.

석 노인 같은 선주와 어부들에게 악마처럼 군림하고 있는 광동해상의 상주였다.

"소연아!"

갑작스런 목소리는 분명 석 노인의 것이었다.

철혼이 깜짝 놀라 돌아보자 허겁지겁 달려오던 석 노인이 해남 무인의 발길질에 의해 크게 나동그라졌다.

피가 튀었다.

해남 무인은 우악스런 손길로 석 노인을 잡아 일으켜 강제로 무릎을 꿇게 만들었다.

"소연아……!"

석 노인이 간신히 의식을 부여잡고 신음처럼 중얼거렸다.

"며칠 전부터 저 늙은이가 자네의 활약을 보고 싶어 하는 것 같아서 이렇게 자리를 마련해 보았네. 어떤가? 내 성의가 갸륵하지 않은가?"

용태천이 비릿하게 웃었다.

몸으로는 철혼이 보라는 듯 소녀의 엉덩이를 계속 밀어붙였다.

그 모습이 철혼을 더욱 분노하게 했다.

"죽여 버리겠다."

살기가 요동쳤다.

혈루처럼 보이는 눈가의 상흔이 심하게 꿈틀거렸다. 흑수라(黑修羅)가 번쩍 눈을 뜬 것이다. 그러나 그것이 무엇을 의미하는지 용태천은 알지 못했다.

"호오! 이거 무서워서 오금이 다 저리는 구만. 좋아. 죽을 때 죽더라도 하던 건 마저 끝내야겠으니 잠시만 기다려 봐."

용태천이 이죽거렸다.

순간 철혼이 질풍처럼 쇄도하여 일도를 그었다.

번— 쩍!

철혼의 움직임과 동시에 양쪽에서 전광 같은 칼날이 날아들었으나 철혼의 속도를 따라잡지 못했다.

용태천이 다급한 표정을 지으며 소녀에게서 떨어져 나갔다.

소녀의 알몸을 철혼을 향해 밀치는 것도 잊지 않았다.

그러나 철혼은 그의 움직임을 알고 있었다는 듯 순식간에 방향을 꺾었다.

줄에 묶인 소녀는 바닥에 내동댕이쳐질 일이 없었고, 그런 소녀의 몸을 비껴간 칼이 용태천의 목을 노렸다.

흠칫한 용태천이 자신의 칼을 뽑아 힘껏 휘둘렀다.

채— 앵!

불똥이 튀었고, 용대천의 칼이 튕겼다.

순간 철혼이 신형을 빙글 돌리며 수평으로 일도를 그었다.

쓰칵! 쓰칵!

뒤쪽에서 달려들던 두 사람의 머리통이 동시에 떠올랐다.

"이 새끼가!"

고함을 지르는 용태천.

그가 할 수 있는 가장 빠른 속도로 달려들었다.

그러나 그것보다 배는 더 빠른 한 줄기 벼락이 그의 칼을 부수고 가슴을 수직으로 쪼갰다.

용태천의 신형이 석상처럼 굳더니 앞가슴이 벌어지며 창자들이 왈칵 쏟아졌다.

전광석화처럼 일도를 그은 철혼은 다시 한 번 신형을 돌리며 벼락같이 칼을 그어댔다.

철혼을 향해 칼을 휘두르던 팔 두 개가 동시에 잘렸다.

철혼은 거기서 그치지 않고 질풍처럼 돌진하며 섬광 같은 칼바람을 일으켰다.

서컥! 츠칵!

"끄악!"

"커억!"

끊임없이 울려 퍼지는 절단음과 비명.

피와 죽음이 난잡하게 널브러졌다.

목이 떨어지고, 팔다리가 잘려 나간 이들이 방마다 나뒹굴었다.

석 노인을 걷어찼던 해남무인의 두 다리가 잘렸고, 강제로 무릎을 꿇렸던 자의 두 팔이 잘려 나갔다.

순식간에 삼십여 명을 베어버린 철혼.

그의 앞에 그만큼의 숫자가 남아 있었지만, 더 이상 달려들지 못하고 있었다.

진저리 쳐지도록 빠르고 강력한 칼질에 여지없이 짓눌려 버린 것이다.

복도로 나가면 또 그만큼의 숫자가 몰려 있겠지만, 숫자는 무의미했다.

뚝뚝!

우뚝 선 철혼의 칼에서 핏물이 떨어졌다.

그의 뒤로 한 폭의 혈지옥도가 펼쳐져 있었다.

끝에는 가슴이 벌어지고, 창자가 쏟아진 용태천이 석상처럼 굳은 채 학질 걸린 사람마냥 부들부들 떨고 있었다.

자신의 가슴에서 쏟아져 나온 창자들을 내려다보며 공포에 질러 숨조차 제대로 쉬지 못했다.

철혼은 핏물을 밟고 걸었다.

보보마다 살기가 진득하여 누구도 움직이지 못했다.

철혼은 소녀를 결박하고 있는 줄을 잘랐다. 석 노인이 무릎걸음으로 미친 듯이 기어와 누구에게도 내주지 않겠다는 듯 꽉 부둥켜안으며 오열했다.

“죄송합니다. 정말… 죄송합니다.”

철혼이 힘겹게 말했다.

모든 경우의 수를 열어두고 있었으나 용태천이 겁간을 할 것이라고는 누구도 예상치 못했다.

사람이 하는 일이니 한계가 있게 마련인 법이고, 그가 광주의 모든 사람을 지킬 수는 없는 일이다.

하나 철혼은 그리 여기지 않았다.

불찰이다.

어떻게든 예상을 했어야 했고, 대비를 했어야 했다

그러지 못했으니 이런 결과가 나온 것이다.

스칵!

철혼의 칼이 허공을 갈랐다.

그때까지 자신의 가슴을 내려다보며 덜덜 떨고 있던 용태천의 머리통이 잘렸다.

쿠웅!

용태천의 몸이 뒤로 넘어갔다.

그것이 신호가 되었다. 해남도의 무인들이 불나방처럼 달려들었다.

이 공자의 죽음은 곧 자신들의 죽음.

더 이상 두려움에 허우적거리고 있을 수가 없었다. 그러나 그들의 앞에 있는 자는 더 이상 철혼이 아니었다.

사도천(邪道天)의 살인명부 상위에 올라 있는 흑수라였다.

천하영웅맹의 원로급 고수들이 아니면 누구도 상대할 수 없는 무자비한 살귀. 사도천의 삼존칠사(三尊七邪)는 되어야 목숨을 노릴 수 있는 극강의 적.

게다가 지금은 극도로 분노하고 있었다.

살기와 분노를 고스란히 칼에 담고 있었다.

"모조리 죽여주마!"

파— 앗!

철혼의 신형이 무서운 속도로 돌진했다.

그리고 남김없이 두 쪽으로 갈라 버렸다.

해남도 무인들이 두려움을 이기고 악착같이 칼을 휘둘러 보지만, 걸리는 족족 칼과 함께 두 쪽으로 쪼개졌다.

"크아악!"

"으아아아악!"

모골을 송연하게 만드는 비명이 쉴 새 없이 터졌다.

실내의 바닥은 물론이고, 벽과 천장이 붉은 피로 물들었다.

흑수라!

지옥 악마의 강림이었다.

남해루에 있는 해남도의 무인을 모조리 도륙한 철혼은 그 길로 광동해상으로 달려갔다.

그곳에서 이십여 명의 해남도 무인 역시 남기지 않고 죽여 버렸다.

그러나 분노가 가라앉지 않았다.

석소연이 겁간을 당한 건 자신 때문이었다.

그 사실에 미치도록 화가 났다.

'불산!'

불신에도 해남도의 무리가 있었다.

달려가면 한 식경 거리다.

거리로 뛰쳐나온 철혼은 불산을 향해 달렸다.

그러나 광주 시내를 벗어나자마자 앞을 가로막는 인영이 있었다.

회색 장포에 방립을 깊이 눌러쓴 낭인 복색이었다.

"해남도의 소가주가 지금 뢰주에 있습니다. 이틀 후면 이곳에 당도할 것입니다."

그 말을 들은 철혼은 칼을 뽑아 휘둘렀다.

폭발할 것 같은 살기가 칼을 통해 쏟아졌다.

콰!

오 장 밖의 바위가 둘로 갈라졌다.

"그날 모조리 죽인다."

칼을 집어넣은 철혼이 사납게 으르렁거렸다.

*   *   *

"광동해상이 놈에게 당했습니다."

"광동해상이?"

"놈이 보는 앞에서 석 선주의 손녀를 겁간한 모양입니다."

"이런 미친놈을 보았나! 그래서 어떻게 되었어?"

"모조리 죽었습니다."

"용가 놈도?"

"예."

"용 가주는 해남도에 있겠지?"

"그렇습니다만, 해남도의 소가주가 지금 뢰주에 있습니다."

"뭐?"

"혈악부(血惡斧)가 나타나 뢰주를 들쑤시는 바람에 열흘 전부터 뢰주에 머물고 있습니다."

"막아!"

"예?"

"아니다. 동생이 죽었는데, 말을 들을 리 없겠지. 좋다. 소가주가 당도할 시간을 맞춰서 놈을 소가주 쪽으로 유인하고, 놈이 자리를 비운 사이에 올가미를 준비하라고 전해라."

"차라리 해남도의 소가주와 함께 놈을 처리하는 게 어떻겠습니까?"

"멍청한 놈! 놈을 죽이지 못해서 지켜본 줄 아느냐?"

"하오면?"

“이 기회에 물갈이를 해야겠다.”

“물갈이라면… 설마?”

“그래. 귀도림부터 시작해서 백룡보, 풍림당, 천리표국, 그리고 등룡곡까지 전부 물갈이를 하는 게 좋겠어. 무공이 강해지니 다른 욕심이 생기는 모양이야. 그놈들의 자식들에게 대를 잇게 하면 한동안 말을 잘 듣겠지.”

“아, 알겠습니다.”

*　　　*　　　*

백룡보.

오랜 광주의 명문무가로 난화무영수(亂花無影手)가 성명절학이다.

어지럽게 흩날리는 꽃잎들 사이를 그림자가 따르지 못할 정도로 쾌속하게 누빈다고 하여 난화무영수다.

당금의 가주 백문초는 십여 년 전에 팔성의 난화무영수로 광서성 계림(桂林)에서 소문을 듣고 찾아온 계림귀수(桂林鬼手)를 이십여 합 만에 손목을 꺾고 목을 부러뜨려 단혼수(斷魂手)라는 명호를 얻었다.

이후 난화무영수에 자신감을 얻은 백문초는 자신의 승승장구를 믿어 의심치 않았다.

그러나 그 믿음은 일 년이 가기도 전에 서문 노인의 굉뢰도에 무참히 박살이 나 버렸다.

서문 노인을 위시하여 광주의 영세상인들이 반기를 들었을
때 백문초는 서문 노인을 홀로 찾아갔다.

손목을 부러뜨려 버릴 생각이었다.

그러나 단 일 합만에 물러나야 했던 건 바로 백문초였다.

서문 노인의 굉뢰도에 손이 잘릴 뻔한 것을 간신히 면한 백
문초는 나중에 혈사가 벌어졌던 날 귀도림주와 풍림당주, 천
리표국주, 그리고 등룡곡주와 연수하여 서문 노인을 공격했
고, 전신이 난자된 서문 노인의 목을 잔인하게 부러뜨렸다.

"흥! 네놈의 목도 그렇게 만들어주마!"

백문초는 서문 노인의 목을 부러뜨릴 때의 통쾌함을 잊지
않았다.

이루 말할 수 없이 짜릿했다.

자신에게 절망과 공포를 느끼게 만들었던 자를 자신의 손으
로 목을 부러뜨렸다.

그러니 더 이상의 벽은 없다.

난화무영수를 완성하여 다른 사람들보다 우위에 서겠다.

그렇게 자신했고, 배는 더 노력했다. 그러나 결과는 그의 기
대를 무참히 저버리는 것이었다.

십여 년이 지났건만, 난화무영수는 구성에 머물렀을 뿐 완
성경으로 나아가지 못했다.

그나마 두 명의 아들이 자신의 그 나이 때보다 훨씬 빠른 진
전을 보이고 있어 기대하고 있었는데, 첫째 아들이 피어나기
도 전에 꺾여 버렸다.

그것도 서문 노인의 굉뢰도를 이은 놈에게.

"죽인다. 죽일 것이야. 반드시 죽이고 말 것이다."

싸늘한 살기가 쏟아졌다.

실내의 공기가 차갑게 가라앉을 정도로 지독한 것이었다.

"아버님! 들어가도 되겠습니까?"

밖에서 둘째 아들의 목소리가 들려왔다.

백문초는 살기를 거둬들였다.

"들어오너라."

백문초의 허락이 떨어지자 문이 열리더니 호리호리한 체형의 청년이 들어왔다.

섬전수(閃電手) 백이.

백문초의 둘째 아들로 잔혹한 성정이 백문초와 무척 닮았다.

"무슨 일이냐?"

"어르신께서 사람을 보내셨습니다."

백이의 말에 백문초가 인상을 쓰며 쳐다봤다.

백이가 어르신이라 부를 사람은 단 한 사람뿐이었다.

"들여보내거라."

"예. 들어오십시오."

대답한 백이가 밖을 향해 나직이 말하자 꾸부정해 보이는 노인이 안으로 들어왔다.

"무슨 일이오?"

곧장 묻는 백문초의 표정이 썩 좋지가 않았다.

노인은 실소를 흘리며 입을 열었다.

"더 늦기 전에 내일쯤 놈을 처리하자는 것이 회주님의 생각이시오."

*   *   *

어둠에 잠긴 시각.

저자의 모습이 달라졌다.

온갖 풍물을 진열하고 있던 좌판이 거두어지고, 두세 사람이 앉을 수 있는 조그만 탁자가 자리를 차지했다. 탁자 위에는 싸구려 술과 무슨 맛인지도 모를 안주 두어 가지만이 초라한 모습을 내놓았다.

한 푼이라도 더 벌고자 가난한 사람들이나 취객들을 상대로 술을 파는 것이다.

하지만 흑도의 거머리들은 그것조차 그냥 내버려 두지 않는다.

"영감, 장사 그만하고 싶어? 두 냥이라고 했잖아!"

"닷새 동안 번 게 세 냥입니다. 이것저것 제하고 나면 반 냥도 안 남았는데, 두 냥이나 내라고 하시면 어떡합니끼?"

"이런 썅! 그렇게 손녀를 내놓으면 빌린 돈 다 갚고, 서로 얼굴 붉힐 일 없으니 좋잖아!"

"그건 절대 안 됩니다. 내 눈에 흙이 들어가기 전에는 홍아가 창기가 되는 꼴은 못 봅니다요."

“씨발! 죽으면 썩을 몸, 할애비가 뼈 빠지게 고생하는 것보
다야 가랑이 몇 번 벌리는 게 쉽지 뭘 그래?”

“크큭! 저 새끼, 이럴 때 보면 입에 기름칠한 것 같다니까.”

세 명의 불한당이 서로 히죽이며 거들먹거릴 때였다.

노인을 향해 욕설을 내뱉는 자의 뒤쪽 어둠 속에서 거친 손
하나가 불쑥 튀어나와 그자의 머리통을 움켜잡더니 단박에 땅
에다 내려꽂아 버렸다.

‘퍽!’ 소리와 함께 축 늘어졌다.

“억! 뭐야?”

“누, 누구냐?”

남은 두 명이 날이 섬뜩한 육도를 뽑아 들었다.

어둠 속에서 시커먼 복장의 철혼이 두 눈을 시퍼렇게 부라
리며 걸어 나왔다.

“흑섬(黑蟾)한테 가자.”

서슬이 시퍼런 철혼의 목소리에 두 명의 불한당은 움찔 오
줌을 지렸다.

흑섬(黑蟾).

검은 두꺼비라는 별명이 잘 어울릴 정도로 피부가 얽고 못
생긴 흑섬은 가까운 곳에 있었다.

저자의 끝에 자리한 작은 건물 지하가 바로 그의 본거지였
다.

일 층에는 서민들을 맞아 대출을 해주는 곳이고, 지하는 흑

섬의 둥지였다. 여차하면 도망칠 수 있는 비밀 통로가 있어 특별한 일이 없을 때는 항상 그곳에서 지냈다.

"그 새끼… 역시 그 새끼는 뭔가 달랐어."

철가의 애송이.

벌써 십 년이나 지났던가?

밑의 수하들과 시비가 붙었고, 수하 두 놈이 혼이 났던 적이 있다.

정황을 살펴보니 정식으로 무공을 익힌 놈인지라 건들지는 않고 조용히 만나보았다.

몇 마디 대화를 나눠보니 어린놈의 강단이 상당하기에 밑으로 들어오는 게 어떻겠느냐고 슬쩍 떠보았다. 그러나 많은 금액을 제시 했음에도 일언지하에 거절당했다.

그때 보았던 놈의 태도, 아직도 잊혀지지 않는다.

허리를 세우고, 가슴을 편 채 똑바로 노려보며 싫다고 완강히 거부했다.

손이 근질거릴 정도로 화가 났지만, 꾹 참았다. 놈에게 무공을 가르친 사람이 있으니 잘못 건드렸다간 큰 후환을 당할 것이 염려되었다.

하여튼 놈은 여기저기 나대어 명을 재촉하거니 광주를 뒤흔들 정도로 크게 될 놈이라 여겼는데, 후자가 되어 나타났다.

"그건 그렇고, 놈이 그걸 알고 있을까?"

흑섬은 가만히 있지 못하고 전전긍긍 했다.

석 선주가 사람들을 선동하고 있다는 사실을 광동해상주에게 고하고 석 선주의 손녀를 잡아다 바친 것도 자신이었다.

그러니 광동해상을 피로 물들인 놈이 이곳을 찾을 공산이 상당히 컸다.

"안 되겠다. 이곳에서 몸을 피하는 게 좋겠다."

흑섬은 자신의 침상으로 향했다.

침상을 뒤집으면 조그만 굴이 나오고 그곳을 통하면 저자 건물 두 채 건너편으로 나갈 수 있었다.

그런데 흑섬이 자신의 침상을 막 뒤집으려 할 때였다.

'쾅!' 하는 굉음이 터지며 전장 한쪽에 구멍이 뻥 뚫리고 시커먼 무언가가 안으로 뛰어 들어왔다.

흑섬은 본능적으로 올 것이 왔다는 것을 느껴 재빨리 침상을 뒤집었다.

바로 그 순간이었다.

뭔가가 날아와 굴 입구로 신형을 날리는 흑섬의 옆구리를 들이박았다.

눈앞에 있던 굴이 한순간에 멀어지자 흑섬의 얼굴이 사색이 되었다.

쿠당탕!

탁자를 쓰러뜨리며 나뒹구는 흑섬.

그의 곁에 수하가 함께 나동그라졌다.

좀 전에 흑섬의 옆구리를 강타한 것의 정체였다.

흑섬은 벌떡 일어났다. 그리고 자신의 수하를 내던져 자신이 도주하는 것을 막은 괴한을 바라봤다.

한마디로 흑색 일색이다.

머리부터 발끝까지 죽음의 기운이 물씬 풍겼다.

한쪽 얼굴에 검붉은 검상이 있었지만, 어렸을 때의 얼굴이 남아 있었다.

"넌……."

"입 다물어!"

짧은 일갈과 함께 철혼이 다가와 죽음의 손을 뻗었다.

"이 새끼가 내가 누군 줄 알고!"

흑섬이 억지로 소리치며 박도를 뽑았다. 그러나 정면으로 상대할 생각은 없었는지 박도를 던짐과 동시에 굴을 향해 신형을 날렸다.

덥석!

상반신이 굴 안으로 뛰어든 흑섬의 다리를 철혼의 손이 와락 움켜잡았다.

"아, 안 돼!"

흑섬의 겁먹은 일성과 동시에 그의 신형이 무 뽑히듯 끌려나왔다.

8장

은혜는 잊어도 원한은 잊지 못하는 게 사람이다

콰자창!

느닷없이 창문이 부서지며 시커먼 무언가가 실내로 날아들었다.

애첩의 젖무덤을 열심히 탐하고 있던 철마방주 구포라는 기겁하여 벌떡 신형을 일으켰다.

그의 손에는 어느새 흉흉하기 짝이 없는 혈도끼가 들려 있었다.

"흑섬?"

구포라의 입에서 경악성이 터져 나왔다.

방구석에 나뒹굴고 있는 놈, 곤죽이 되어 본 얼굴을 알아보기 힘들었지만 얽은 피부만 보아도 충분히 알아볼 수 있었다.

“대체 누가……?”

구포라는 박살이 난 창가에 붙어 밖을 살펴보았다.

멀리 담벼락 위로 시커먼 그림자가 보였다.

희미한 달빛을 받으며 암흑 같은 장포를 바람에 펄럭이고 있었다.

얼굴은 보이지 않았다. 그래도 알 수 있었다.

놈이다.

십전철가의 그놈!

총관 원적기에 이어 흑섬마저 당한 것이다.

‘설마?’

불현듯 떠오른 생각.

놈이 십 년 전의 일을 알고 있는 건 아닌지.

아니어야 한다. 놈이 그 사실을 알고 있다면 흑섬에서 끝나지 않을 것이다.

가슴이 덜컥했다.

정말 아니길 바라는 순간 놈이 사라졌다.

원래 그 자리에 존재하지 않았던 것처럼 순식간에 모습을 감췄다.

찰나의 움직임, 그것만 보아도 자신 혼자서는 결코 상대할 수 없다는 사실을 새삼 깨달을 수 있었다.

‘놈! 함부로 움직이지 말라 이거지?’

자신을 잘못 봤다.

이 정도에 꼬리를 감추고 벌벌 기고 있을 내가 아니다.

그렇다고 앞뒤 안 가리고 달려들 생각도 없지만.

'망할, 그 작자들은 대체 뭘 하고 있는 거야? 가타부타 뭔가 언질이라도 주어야 할 것이 아닌가?

광주를 지배하는 다섯 호랑이.

이럴 때는 그들이 앞장서서 나서주어야 한다. 그러라고 상납금을 꼬박꼬박 바치고 있는 게 아닌가.

철마방을 지켜주어야 그들이 받는 상납금이 끊이지 않을 것이란 말이다.

자신들끼리 회합을 가진 것으로 아는데, 뭘 그리 미적거리는 것인지. 어차피 죽여야 할 놈이라면 피해가 더 크기 전에 일단 죽이고 보아야 할 것이 아닌가.

'설마 날 빼고 자기들끼리 일을 벌이려는 건 아니겠지?

그런 일이 벌어진다면 그건 철마방을 정리하겠다는 뜻과 다름 아니다. 흑도의 생리를 어느 정도 간파했으니 더 말을 잘 듣는 자들로 하여금 광주의 흑도를 맡길 수도 있다.

불안감에 얼굴이 절로 굳어진다.

"방주님! 괜찮으십니까?"

"방주님!"

수하들이 달려왔다.

빨리도 온다. 짜증이 확 솟구친다.

"방주님, 백룡보에서 사람이 왔습니다."

부서진 창밖으로 얼굴을 내밀고 보니 백룡보의 무인이 보였다.

‘그러면 그렇지. 나 없이 자기들끼리 무얼 할 수 있겠어?’

구포라는 회심의 미소를 지었다.

그러다 곧 철혼을 떠올리고는 좀 전까지 철혼이 서 있던 담벼락으로 시선을 던졌다.

‘놈! 세상은 무공이 다가 아니라는 걸 아주 제대로 보여주마!’

*　　　*　　　*

십전철가로 돌아온 철혼은 자신의 방에서 조용히 가부좌를 틀고 앉아 있었다.

이제 모든 준비가 끝났다.

내일이면 한바탕 혈풍이 휘몰아칠 것이고, 혈풍이 그치고 나면 광주는 새로운 세상이 열리게 될 것이다.

단 며칠에 불과했지만, 진창 속을 허우적거리 듯 답답하기 짝이 없었다.

일거에 쓸어버릴 힘이 있음에도 꾹 눌러 참아야 한다는 게 얼마나 큰 고통인지 그간 뼈저리게 깨달았다.

하지만 이제 그것도 끝이다.

날이 밝으면 그간의 답답함을 모조리 날려 버릴 테다.

“……!”

갑작스런 인기척.

작다. 그리고 조심스럽다.

열어보지 않아도 누군지 알 수 있다.

철화옥, 그녀다.

"들어가도 돼?"

문 앞에서 들려오는 나직한 목소리.

철혼은 잠시 망설이다 가라앉은 목소리로 대답했다.

"무슨 일이지?"

"할 말이 있어서……."

철혼은 자리에서 일어나 문을 열었다.

어슴푸레한 속에 철화옥이 보였다.

철혼이 문을 열고 옆으로 비켜서자 안으로 들어왔다.

철혼은 등잔불을 켜려고 했다.

"켜지 마. 금방 갈 거야."

얼굴을 보면 자신의 속을 말할 수 없을 것 같아서다.

어둠 속에서도 이토록 어색한데, 얼굴을 보면 무슨 말인들 할 수 있을까.

철화옥은 눈에 보이지 않는 철혼의 얼굴을 찾았고, 철혼은 그녀의 뜻대로 등불을 켜지 않았다.

그저 말없이 바라보았다.

철화옥의 생각과는 달리 어둠 따위는 철혼에게 장애가 되지 못했다.

그녀의 표정을 고스란히 볼 수 있었다.

"너무 무서웠어."

철화옥이 말했다.

납치당했을 때를 말함이다.

철혼이 복수를 하기 위해 돌아왔다는 것을 잘 알고 있었다. 복수는 철혼의 선택이라는 생각이었기에 말리지 않았고, 말릴 생각도 없었다.

한데 주변에서 들려오는 소리가 심상치 않은데다 자신이 납치까지 당하고 나니 두려움이 물밀듯이 밀려들었다.

"무서워. 너무 무서워서 잘 수가 없어."

철혼은 손을 뻗으려다 말았다.

무섭다는 말에 손을 뻗어 안심하라고 다독거려 주고 싶었다.

내가 있으니 걱정 말라고 안심시켜 주고 싶지만, 결국 손을 뻗지 못했다.

"그냥 잊으면 안 돼? 서문 할아버지께서도 이해하실 거야. 그럼 괜찮아질 거야. 그러니까 그냥 잊고 살자, 응?"

잊는다고 해결될 일 같았으면 오지도 않았다.

가슴속의 원한을 어떻게 잊는단 말이냐?

숨을 쉬어도 사는 게 아니었다.

머릿속을 꽉 채운 서문 노야의 처참한 죽음. 뼈에 사무치도록 원통한 마음.

조금이라도 안다면 저리 말할 수 없을 것이다.

실망스럽다. 무섭다는 말로 끝났으면 좋았을 것을.

철혼은 말없이 다가가 방문을 열었다.

돌아가라는 뜻이다.

"…왜?"

"사람이니까."

"무슨 말이야?"

"은혜는 잊어도 원한은 잊지 못하는 게 사람이다."

"오빠……."

"어제 석 노야의 손녀, 소연이가 겁탈을 당했다. 해남도의 짓이지만, 저들이 해남도를 끌어들인 것이니 공범이나 마찬가지다. 그래도 모른 척 떠날까?"

"오빠가 죽으면……."

"더 실망하기 전에 돌아가는 게 좋겠다."

철혼의 말에 철화옥이 흠칫 놀랐다.

실망이라는 말이 그녀의 심장을 덜컥하게 만들었다.

"난 그냥……."

철화옥은 말을 잇지 못했다.

묵묵부답인 철혼의 반응에 눈물을 흘리며 밖으로 나갔다.

문이 닫혔다.

마음마저 닫아버린 건 아닌지.

철화옥은 그 자리에 주저앉았다.

다리에 힘이 빠져 서 있을 수가 없었다.

자신이 철혼의 마음에 상처를 주었다는 생각이 들어 견딜 수가 없었다.

"오빠, 미안해. 정말 미안해."

미안하다는 말 외에는 아무것도 생각할 수 없는 철화옥.

어려서 십전철가로 오면서 처음으로 갖게 된 너무나 사랑스러운 여동생. 누구보다 예뻐해 주었고, 누구보다 지켜주고 싶은 여동생이기에 더더욱 실망감이 큰 철혼.

두 사람은 문을 사이에 두고 오랫동안 그렇게 있었다.

*　　　*　　　*

아침이 밝았다.

간밤엔 유독 습기가 많은 것 같더니, 아침부터 비가 내렸다.

걸음을 막을 정도는 아니지만 흙탕물을 일으킬 정도는 되었다.

철혼이 식당으로 향하니 식사가 한창이었다.

잠깐 운공을 한다는 게 조금 늦어졌다.

"여기 앉거라."

왕 노인이 가리키는 곳에 가보니 상이 차려져 있었다.

소채와 고기볶음, 그리고 밥 한 그릇.

모르는 사람들은 드디어 왕 노인이 철혼에 대한 기대를 접었나 보다고 생각하겠지만, 이 간단한 차림이야말로 철혼에게 딱 좋은 한 끼 식사였다.

파릇파릇함이 살아 있는 소채와 기름기가 제거된 고기볶음을 보니 왕 노인이 얼마나 신경을 썼는지 절절이 느껴졌다.

"잘 먹겠습니다."

"소식이 좋다고 해서 이렇게 준비했다만, 영 미덥지가 않는

구나. 이것만 먹고 어떻게 힘을 쓴다는 건지……."

왕 노인이 이해가 안 된다는 듯 고개를 저었다.

철혼은 웃어주고 싶었지만, 그럴 수가 없었다.

석소연의 일이 머릿속에서 떠나지를 않았기 때문이다.

그저 왕 노인의 정성을 받아들여 천천히 꼭꼭 씹어 먹었다.

밥 알 하나, 고기 한 점 남기지 않고 깨끗하게 비웠다.

물을 마시고, 고개를 들었다.

왕 노인은 누가 방해라도 할까 봐 그때까지 자리를 지켜주었다.

"정말 잘 먹었습니다. 감사합니다."

"잘 먹기는, 술기운이라도 보태게 화주 한 잔 가져다줄까?"

못내 미더우신 모양이다.

어려운 일도 아니거늘 이런 마음을 어찌 모른 척할까.

"주십시오."

"오냐, 잠시만 기다리거라."

바람처럼 달려가시더니 잔이 아닌 사발에 가득 담아 오신다.

철혼은 단숨에 마셨다.

뱃속에서부터 짜릿한 느낌이 나쁘지 않았다.

"그럼, 다녀오겠습니다."

"오냐, 다른 사람들 눈치 보지 말고 하고 싶은 대로 하거라."

오늘이 무슨 날인지 알고 하는 말일까?

바로 오늘, 해남도의 무리를 시작으로 모조리 죽어나갈 거라는 걸 안다면 어떤 표정을 지을까?

기꺼운 마음으로 보내주실까?

왕 노인의 성정으로 보아 충분히 그러고도 남을 것 같다.

"그렇게 하겠습니다."

철혼은 힘차게 대답하며 식당을 나섰다.

등 뒤로 왕 노인의 중얼거림이 들려왔다.

"저놈, 저거 잘 컸네. 잘 컸어. 노야께서 보셨다면 정말 자랑스러워하셨을 텐데."

철혼이 밖으로 나오니 빗방울이 더 굵어져 있었다.

옷을 적시고, 몸을 무겁게 만들기에 충분했다. 그러나 전장의 광기를 잠재우기에는 한참 모자랐다.

철혼은 십전철가를 나왔다.

묵빛의 전포로 온몸을 감쌌고, 머리에는 역시 묵빛의 철립을 썼다.

철립은 일반적인 방갓보다 챙이 크지 않고, 깊지도 않아 얼굴의 대부분이 보였다. 그렇다고 빗물이 들이치는 것도 아니니 시야가 충분히 확보되어 무인들이 사용하기에 적절해 보였다.

흙탕물을 철벅이며 거리를 걸으니 마주치는 행인이 극히 드물었다.

그러나 사람이 전혀 없는 건 아니었다.

십전철가를 나선 순간부터 세 명이 따라붙었다. 그들 한참 뒤로 다시 몇 개의 인영이 따르고 있었다.

철혼은 알면서도 내버려 두었다.

자신의 일거수일투족이 감시당하고 있는 건 어제도 마찬가지였다.

안다고 대비할 수 있고, 대비한다고 막을 수 있을까?

하긴 우물 안의 개구리들이니 그렇게 여길지도 모르겠다.

자신들의 눈에 보이는 것만이 세상이고, 자신들의 머릿속에 들어 있는 것만이 전부인 줄 알 테니 말이다.

철혼은 도심을 경유하여 다시 외곽으로 빠졌다.

서남 방향.

불산(佛山)에서 광주로 이어지는 도로다.

광주를 완전히 벗어나니 사두마차 두 대가 간신히 달릴 수 있을 정도로 도로의 폭이 좁아졌다.

철혼은 걸음을 멈추었다.

빗방울은 여전했다.

땅은 질퍽거리기 시작했고, 공기는 차가웠다.

바람은 거세게 불지 않았다.

하늘을 보니 떨어지는 빗방울 위쪽으로 마음만큼이나 우중충한 잿빛이다.

칼자루를 움켜잡았다.

어서 피를 보게 해달라고 아우성이다.

어떤 이들은 보도(寶刀)라며 부러워하지만, 끝없이 피를 탐하는 마물일 뿐이다.

사람을 죽이는 일은 어렵지 않다.

칼을 뽑아 휘두르면 그만이니까.

문제는 이놈을 가진 뒤로 더 쉬워졌다는 것이다.

피와 죽음만이 존재하는 전장, 특히 그곳에서 미칠 듯한 광기를 보여주곤 했다.

전장.

그곳에 인간은 없다. 혈귀만이 있을 뿐이다. 그 진창 속에서만 완성되는 게 패도(覇刀)다. 천 개의 생명을 힘으로 베어야만 얻을 수 있는 살도다.

철혼은 패도를 익혔다.

살을 베고 뼈를 가르는 느낌. 그 감각에 혼을 내놓는다.

의지가 아닌 칼이 이끈다.

굉뢰도를 그렇게 완성했다.

그리고 굉뢰도에 신공(神功)을 보탰다. 그러자 굉뢰도가 변했나. 너무 높은 곳으로 올라서 버렸나. 스스로도 가늠할 수 없는 강함으로 변해 버렸다.

하지만 신공을 얻은 대가로 사람을 죽이는 일에 반드시 정당성을 지켜야만 했다. 신공의 주인과 그렇게 거래했다.

설혹 원수라 하더라도 함부로 죽일 수 없게 된 것이다. 달갑지 않은 일이다. 하나 철혼은 기꺼이 감수하였다.

굉뢰도만으로는 복수하는 게 어렵다는 걸 일찌감치 알고 있었고, 정당성이 필요하다면 만들면 그만이다.

지금껏 저들을 들쑤시고 때를 기다린 건 그래서다.

누구도 부인할 수 없는 정당성, 그 때문이다.

이렇게 차가운 비를 맞고 있는 것 역시 저들로 하여금 죽음의 무대를 마련할 수 있도록 길을 열어주려는 거다.

저들이 만들 죽음의 무대.

빈틈없이 완벽하기를 바란다.

죽음의 무대를 성대하게 치르기 위해 모조리 몰려와 주기를 바란다.

그래야 번거롭지 않을 것이다.

'내 목을 잘라갈 완벽한 올가미를 만들어라. 그리하면 기꺼이 동참해 주겠다.'

철혼은 흰 이를 드러내 차갑게 웃었다.

한참을 걷다 보니 빗소리가 달라졌다.

돌아보지 않아도 알 수 있다. 수많은 사람이 몰려오고 있다. 흙탕물을 튀기며 살기를 뻗쳐온다.

"이런 날씨에는 좀 참지, 왜 나와서 이 고생을 시키고 그래?"

이숙한 목소리다.

이틀 전 밤에 만났던 봉두난발한 사내.

그렇다면 철마방이라는 뜻.

철혼은 천천히 돌아봤다.

일백 정도 되는 숫자다. 그런데 한 사람이 보이지 않는다.

“흑혈도부(黑血屠斧)는?”

“방주는 늙었어. 겁이 많아진 거지. 대신 저놈이 왔어. 홍귀(紅鬼)라는 놈인데, 납치, 강간에 고문, 그리고 죽여 버리는, 한마디로 말해 아주 악질적이고 더러운 놈이야. 싸우게 되면 저놈 먼저 죽여주었으면 좋겠어.”

봉두난발의 사내가 한 사람을 가리켰다.

두 눈에 시퍼런 귀기가 가득한 자였다.

사람을 죽이다 자신의 인성마저 죽여 버린 모양이다.

철혼은 시선을 떼고 봉두난발의 사내를 바라보다 등을 보이고 돌아섰다.

“돌아가서 흑혈도부를 데려와.”

“왜?”

“그래야 싸울 맛이 날 테니까.”

“뭐?”

봉두난발한 사내가 황당하여 쳐다봤으나 철혼은 다시 돌아보지 않았다.

이때 홍귀란 자가 천천히 다가오기 시작했다.

스르릉!

검을 뽑는 소리가 빗소리를 뚫고 들렸다.

그러나 철혼은 아무런 반응을 보이지 않았다.

봉두난발한 사내 역시 검자루를 잡았다. 철혼의 오만한 모습에 화가 난 듯 보였다.

그때였다.

발바닥을 간질이는 미세한 진동이 느껴졌다.

봉두난발한 사내와 홍귀가 동작을 멈추고 철혼의 전방으로 시선을 던졌다.

대지를 뒤흔드는 진동이 점점 커지더니 잠시 후 전방에 수십의 기마가 모습을 드러냈다.

해왕(海王)이라는 두 글자가 큼지막하게 새겨진 깃발이 보였다.

"해남용가(海南龍家)!"

봉두난발한 사내가 놀라 부르짖었다.

홍귀 역시 당황한 표정을 지었다.

그때였다.

철혼이 칼을 뽑았다. 그리고 흙탕물을 사방으로 튀기며 전방으로 튀어나갔다.

석소연의 일로 살기가 요동치고 있었다.

죽음으로만 잠재울 수 있는 살기였다.

"저런 미친……!"

기마대를 향해 돌진하는 철혼의 모습은 무모함 그 자체였다.

그러나 소리치던 봉두난발의 사내는 두 눈을 화등잔만 하게 치떠야 했다.

질풍처럼 튀어나간 철혼이 허공으로 뛰어올라 천지양단의 일도를 그으니 공간이 쩍 갈라지는 듯한 착각과 함께 선두에서 질주하던 인마가 한꺼번에 둘로 쪼개져 버렸다.

키히히히힝!

요란한 말 울음소리와 함께 이 선의 전마가 발이 걸려 앞으로 고꾸라졌다.

흙탕물을 튀기며 착지한 철혼.

뒤이어 질주해 온 전마가 크게 도약하여 그대로 철혼을 짓밟으려고 했다.

순간 철혼이 신형을 빙글 휘돌리더니 다시 한 번 일도를 그었다.

좌— 악!

공간이 갈라졌다.

전마와 해남도의 무인이 동시에 쪼개졌다.

피분수가 빗방울을 튕겨내며 사방으로 뿜어졌다.

"비켜라!"

쩌렁 울리는 일갈이 터졌다.

장대한 체구의 장한이 말 등을 박차고 날아올라 단숨에 철혼을 덮쳤다. 사내의 얼굴에는 철혼을 단숨에 쪼개 버리겠다는 살기가 요동치고 있었다.

쒸아아악!

철혼의 머리 위에서 날카로운 파공음이 들렸다. 멀리서 지켜보는 봉두난발의 사내와 홍귀의 가슴을 섬뜩하게 만들 정도로 무시무시했다.

쓰아아아악!

철혼의 칼이 허공을 수평으로 갈랐다.

거기에 장대한 체구의 사내가 전력을 다한 일도가 걸렸다.

전마들을 놀라게 만들 정도로 날카로운 쇳소리가 울려 퍼졌다. 동시에 철혼을 덮쳤던 장한이 한쪽으로 날아가 흙탕물 위로 볼썽사납게 나뒹굴었다.

눈 깜짝할 사이에 벌어진 일이었고, 봉두난발의 사내와 홍귀의 예상을 빗나가는 결과였다.

장한은 벌떡 일어났다.

마상에서 뛰어내린 해남도의 무인들이 철혼을 에워쌌다.

"누구냐?"

장한이 소리쳤다.

분노와 놀람이 뒤섞인 얼굴이다.

철혼은 장한을 향해 다가가며 입을 열었다.

"날 죽이러 오는 길이 아니었나?"

"네놈이 동생을 죽인 흉수란 말이냐? 왜? 왜 죽였느냐?"

해남용가(海南龍家)의 소가주, 용태성이 바득 고함을 질렀다. 그러나 철혼은 표정 한 번 바꾸지 않았다.

"왜 죽였는지는 지옥에 가서 직접 물어봐라. 단 알아둘 건 네 동생으로 인해 너희가 모조리 죽을 거라는 사실이다."

"뭐?"

용태성이 입을 벌리는 순간 철혼이 흙탕물을 튕기며 튀어나갔다.

날이 시퍼런 칼이 쏟아지는 빗방울을 가르며 벼락처럼 날아들자 용태성이 다급한 표정을 지으며 마주 칼을 휘둘렀다.

그러나 찰나의 호흡이 깨진 상태였다.

쩌― 엉!

쇳소리와 함께 용태성의 칼이 빠르게 튕겼다.

힘에서는 상대가 되지 못한다는 것이 역력히 드러났다.

수하들이 없었다면 곧바로 이어진 도격에 가슴이 벌어지고 말았을 것이다.

촤촤촤촤!

사방의 해남무인들이 철혼을 향해 달려들었다.

휘청거리는 용태성의 가슴을 쪼개가던 철혼이 팽이처럼 휘돌았다. 빗방울이 사방으로 튕겨나는 가운데 새파란 칼날이 허공을 위아래로 갈랐다.

쓰칵! 쓰칵!

섬뜩한 파육음이 연달아 터졌다.

두 명이 고꾸라졌다. 그러나 이제 시작이었다.

촤좌좌좌좌좌쫭!

쏟아지던 칼들이 동시 다발적으로 튕겨져 버렸고, 세 명이 피를 쏟으며 고꾸라졌다.

"죽여 버리겠다!"

용태성이 악에 받친 일갈을 터뜨렸다.

살기를 잔뜩 머금은 칼이 철혼의 목을 노리고 짓쳐들었다. 그러나 철혼은 뒤에도 눈이 달린 듯했다. 돌아보지도 않고 신형을 비틀며 칼을 휘둘렀다.

촤― 앙!

쉿소리가 진동했다.

용태성이 두 눈을 치떴다. 그의 칼을 쳐낸 철혼의 칼이 손목을 스쳐 갔다.

정면으로 부딪쳤다면 손목이 잘리고 말았으리라.

용태성의 가슴이 덜컥했다.

이제껏 자신의 부친인 해남도주 외에는 이토록 강력한 힘을 받아본 적이 없다.

'물러나야 해.'

분노가 순식간에 가라앉았다. 그 자리를 두려움이 차지했다.

순간 또다시 두 명을 베어버린 철혼이 빙글 돌아 일도를 그었다.

그야말로 전광 같은 일도였다.

"헉!"

다급성을 토하며 재빨리 물러나는 용태성.

칼을 휘둘러 경계하는 것도 잊지 않았다. 그러나 서늘한 기운이 그의 가슴을 훑고 지나가 버린 후였다.

"……!"

용태성의 두 눈이 함지박 민하게 커졌다.

그의 신형이 석상처럼 굳었다.

'분명히 피했는데……!'

칼날은 피했다.

그러나 칼날 끝에 도사린 기운은 피하지 못했다.

쩌억!

가슴이 한 자가량 갈라졌다.

시뻘건 핏물이 쏟아졌다.

박동하고 있는 심장이 보였다. 차가운 빗물이 몸 안으로 쏟아졌다. 심장을 싸늘히 식혔다.

용태성이 흔들리는 시선으로 자신을 이런 꼴로 만든 철혼을 찾았다.

다급히 달려드는 수하들이 철혼의 칼질에 학살을 당하고 있었다.

지옥에서 아수라가 뛰쳐나온 듯 무자비했다.

일곱 명!

서른다섯을 이끌고 왔는데, 고작 일곱이 서 있었다. 더 이상 달려들 엄두도 내지 못한 채.

순간 아수라 같은 놈이 빙글 도는 게 보였다.

시퍼런 칼날이 용태성의 목을 훑고 지나갔다.

용태성이 보는 세상이 빙글 돌았다.

일곱 명의 수하가 괴성을 지르며 달려드는 모습이 빙글빙글 돌아갔다.

철퍼덕!

흙탕물이 눈앞을 가렸지만, 남은 수하들 역시 피를 쏟는 광경까지는 막지 못했다.

'지옥에서… 보자!'

용태성의 의식이 어둠속으로 곤두박질쳤다.

싸움이 끝나자 비가 그쳤다.

하늘이 무언가를 암시하는 것 같다는 생각이 들어 봉두난발한 사내는 오한이 들었다.

홍귀 역시 놀란 눈을 한껏 치뜬 채 숨만 쉬고 있었다.

잔혹하다는 말을 듣는 그였지만, 이토록 일방적인 학살은 본 적이 없었다. 그것도 남해의 제왕이라는 해왕가의 무인들을 상대로.

철벅! 철벅!

철혼이 다가왔다.

핏물과 흙탕물이 뒤섞인 땅을 거침없이 짓밟고 있었다.

아래로 늘어뜨린 칼날을 타고 핏물이 방울져 떨어졌다.

보도(寶刀)답게 핏물이 많이 묻어 있지는 않았다.

철혼은 홍귀 앞에 섰다.

시커먼 철립 아래의 두 눈이 악마의 눈처럼 무시무시했다.

홍귀가 흠칫하는 반응을 보였다.

그러나 물러날 생각도 못했다. 그랬다가는 철혼의 칼이 자신의 목을 뎅겅 잘라 버릴 것 같은 두려움이 들었다.

철혼의 칼이 홍귀의 어깨 위에 올려졌다.

그때까지 홍귀는 꼼짝도 못했다. 독사 앞의 개구리 같았다. 수치스러울 상황이나 수치심을 느끼지도 못했다.

철혼은 칼에 묻은 피를 홍귀의 어깨에 닦으며 홍귀의 두 눈을 들여다봤다.

"강간했다는 소리가 들리면 네놈을 찾아가 양물을 잘라 버리겠다. 고문을 즐긴다는 소리가 들리면 두 눈을 파버릴 것이고, 이유 없이 사람을 죽였다는 말이 들리면 두 팔을 잘라 버리겠다. 그러니까… 똑바로 살아라."

홍귀는 아무런 대꾸도 못했다.

그저 숨을 죽이는 게 그가 할 수 있는 전부였다.

철혼은 봉두난발한 사내를 향해 돌아섰다.

홍귀에게 등을 보였지만, 홍귀는 빈틈이라는 생각조차 하지 못했다.

"마지막 경고다. 철마방에서 나와라. 그렇지 않으면 네 검을 찾기도 전에 내 손에 죽는다."

"……!"

봉두난발한 사내가 흠칫했다. 뭔가 할 말이 있는 듯 입을 벌렸다.

그러나 철혼은 들을 것도 없다는 듯 곧바로 돌아섰다.

"어떤 함정을 파고 있을까? 궁금하군."

차가운 조소를 흘리며 철혼이 멀어져 갔다.

그의 걸음을 따라 핏물이 흘렀다. 광주 시내를 향하고 있었다.

그 모습을 바라보며 봉두난발한 사내는 깜짝 놀라 중얼거렸다.

"맙소사! 그는 다 알고 있었구나."

*   *   *

비가 그치자 십전철가의 사람들이 바빠졌다.

철기들이 빗물에 젖지 않았는지 확인하고, 거푸집에는 문제가 없는지 살폈다.

바쁘게 오가는 철가의 일꾼들을 독려하던 철중양은 고개를 들고 하늘을 살폈다.

지나가는 비인지 아니면 잠시 쉬고 있는 것인지 알아야 했다.

그러나 요 근래 복잡하고 무거운 심사만큼이나 우중충해 보일뿐 쉽사리 판단할 수가 없다.

"큰놈은 이미 꼬리가 지나갔고, 새로 오는 놈은 무거워 보이지 않으니 더 이상 내리지 않을 것 같습니다."

연마장(鍊磨匠)인 감 노인의 목소리다.

철중양은 고개를 끄덕였다.

감 노인의 말을 듣고 보니 지나가는 놈이라는 게 확연히 보였다.

심사가 무거우니 판단이 흐려진 모양이다.

철중양은 한숨을 내쉬며 감 노인을 돌아봤다.

"낢을 생각인가?"

"이곳을 두고 어딜 가겠습니까?"

"화영이가 있잖은가?"

"정가 놈에게 집을 떠나 있으라고 언질을 해두었으니 괜찮습니다."

“사위에게 정가 놈이 뭔가?”

“입에 붙으니 잘 고쳐지지가 않는군요.”

“하긴 나 역시 화영이라는 말이 입에 붙어버렸구만. 시집 간 몸이니 호칭을 바꾸어야 할 텐데.”

“가주님께서 예뻐해 주셔서 그렇다는 걸 잘 압니다. 저희들을 일꾼이 아닌 식구로 대해주셨는데, 소인들이 어찌 이곳을 떠나겠습니까?”

“목숨이 걸린 일이네.”

“그래서 더더욱 못 떠나겠습니다.”

“내가 헛살지는 않은 모양이군.”

철중양은 옅은 미소를 지었다.

십전철가와 이곳에서 일하고 있는 식구들의 앞날이 걱정이었다. 하지만 철혼에게서 등을 돌릴 수는 없었다. 서문 노인이 죽던 날 철혼과 단단히 약속을 하였다.

─네가 돌아오면 맘껏 복수를 할 수 있도록 도와줄 터이니, 개죽음 당하지 말고 날 믿고 떠나거라.

울며불며 난리치는 철혼을 그렇게 다독이며 떠나보냈다.

당시에는 그게 최선이었다. 오늘과 같은 날이 올 것이라고는 깊이 생각하지도 못했다.

그렇다고 지금에 와서 철혼을 거부할 수는 없다.

‘그 아이 역시 한 식구이거늘 어찌 등을 돌린단 말인가. 하

나 피가 흐를 것을 생각하니 참으로 걱정이구나.'

철중양은 한숨을 내쉬며 돌아섰다.

그때 십전철가의 정문을 밀치고 들어오는 무리가 보였다.

"……!"

선두에는 한눈에 보기에도 성질이 고약해 보이는 장한이 입매를 비틀어 웃고 있었다.

독질(毒蛭) 두곽.

인간 이하의 짓만 골라한다고 알려진 홍등가의 포주다. 성정이 잔혹하여 한 번 걸리면 반병신이 되기 일쑤고, 혹여 성질이 폭발이라도 하는 날에는 개천에 시체가 굴러다니곤 했다.

그의 뒤로는 회색 장포에 방립을 깊이 눌러쓴 세 명의 낭인, 삼귀(三鬼)도 보였다.

"여어! 마침 나와 있었군."

"무슨 일인가?"

"닥치고, 전부 모이도록 해."

"백주에 어디서 이런 행패요? 어서 나가시오!"

감 노인이 나섰다.

그러나 두곽의 인정사정없는 발길질에 저만큼 나가떨어졌다.

철중양이 다급히 달려갔다.

"괜찮은가?"

"괜, 괜찮습니다."

괜찮지 않아 보였다.

말조차 제대로 하지 못하는 것으로 보아 위험한 곳을 걸어차인 게 분명했다.

"가주님!"

"썩 물러가라!"

십전철가의 일꾼들이 망치를 비롯한 온갖 철기를 가지고 달려와 철중양의 앞을 막아섰다.

철중양은 감 노인을 다른 사람에게 인계하며 앞으로 나섰다.

"누가 시킨 것인가? 내가 만나볼 터이니, 나와 함께 가도록 하세."

"늙은이, 아직도 상황 파악이 안 돼? 여차 하면 모조리 죽어! 살고 싶으면 놈이 죽기를 바라야 할 거야. 뭣들 하느냐! 모조리 무릎 꿇려라."

철중양을 향해 빈정거린 두곽이 명을 내리자 그의 수하들이 흉악한 칼을 앞세우고 다가왔다.

십전철가의 일꾼들은 당황하여 철중양을 쳐다봤다.

철중양은 어찌해야 할지 곤혹스러웠다.

그때 주방의 왕 노인이 식칼을 들고 달려나왔다.

"이놈들! 어디서 횡포냐! 한 놈도 움직이지 마라! 아주 조각 조각 잘라 버릴 테다!"

"멈추게!"

철중양이 살기등등한 왕 노인의 앞을 막았다.

"이거 놓으십시오."

밀치고 앞으로 나가려는 왕 노인의 팔을 완강히 붙잡은 철중양은 손을 뻗어 식칼을 움켜잡았다.

붉은 피가 주르륵 흘러내렸다.

"가주님!"

왕 노인이 소스라치게 놀라 소리치며 손에서 힘을 뺐다.

"철혼이를 믿어보세."

철중양은 그같이 말하며 칼날을 쥔 식칼을 땅바닥에 내던졌다. 십전철가의 일꾼들 역시 손에 쥔 철기들을 내던졌다.

"뭐야, 뭐가 이렇게 싱거워!"

두곽이 빈정거리며 다가와 왕 노인을 걷어찼다. 순간 철중양이 끼어들어 대신 발길질을 당해 저만큼 나가떨어졌다.

"가주님!"

왕 노인을 비롯한 십전철가의 일꾼들이 대경하여 달려갔다.

철중양은 자리에서 일어났다.

"난 괜찮으니 경거망동하지 말게."

철중양은 흥분한 일꾼들을 다독였다.

맞서 싸워보았자 당하는 건 이쪽일 뿐이니, 철혼을 믿고 순순히 따를 수밖에 없었다.

이때 어수선한 소란에 놀라 밖으로 달려나온 철화옥이 두곽을 발견하고는 그 자리에 얼어붙어버렸다.

"어이, 예쁜이! 또 본다. 반갑지? 크큭!"

두곽이 반갑게 소리쳤다.

9장

흑수라(黑修羅)

“허허! 자리를 비운 지 며칠이나 되었다고 이런 꼴이 된단 말이오?”

한껏 거드름을 피우고 있는 홍의 장삼의 중년인은 광동성의 패주인 철혈문(鐵血門)의 고수로 철수검(鐵手劍) 유장해였다.

양산철혈문(陽山鐵血門)!

광동성 북부에 위치한 양산에서 문을 연 철혈문은 광동의 중심인 광주와 불산을 방치할 수기 없이 철수검 같은 고수들을 상주시켜 철혈문의 영향력 하에 있음을 지속적으로 과시해 왔다.

열흘 전 철혈문의 연중행사에 참석하고 돌아왔더니 거리마다 경계심이 넘쳐났고, 군소문파의 주인이라는 작자들은 고작

한 놈을 잡고자 철쟁이들을 대거 붙잡아 인질극을 벌이겠다고
호소하고 있었다.

"철마방의 총관을 비롯해서 수십 명이 죽었습니다. 철마방
주가 그걸 따지러 갔는데, 또 얼마나 죽어나갈지 모르겠습니
다."

"객잔에서는 젊은 아이들에게 시비를 걸기 일쑤고, 벌써 피
를 본 아이가 몇 됩니다. 놈이 먼저 시비를 걸었다는 건 객잔
의 점소이도 다 아는 일이니……."

유장해는 시종일관 웃고 있었다.

뭐라고 떠들어대는데, 씨도 안 먹힐 소리다.

이들이 하는 말이 과장에 과장을 한 것이라는 것쯤은 소상
히 알아보지 않아도 알 수 있다. 그럼에도 받은 것이 있으니
적당히 동조해 주어야 한다.

"그런 불한당 같은 놈을 어찌 지금까지 내버려 두었단 말이
오?"

"놈의 칼이 워낙 날카로워 애꿎은 피해를 술이려니 노리가
없었지요."

"아, 그러셨구려. 하면 내가 무얼 도와주면 되겠소? 요즘 맹
주부의 행사가 요상하여 함부로 움직일 수는 없으나 불한당
하나 처리하는 것쯤이야 무슨 대수겠소?"

곧이곧대로 들으면 곤란하다. 그냥 방관만 하겠다는 뜻이
다.

천하영웅맹의 맹주부를 언급한 건 그래서다.

천하영웅맹이 어수선한 건 이미 오래전의 일이고, 이들 역시 잘 알고 있는 바다.

작금의 천하영웅맹은 둘로 분열하였다. 맹주와 원로원의 십주들 사이가 틀어져 서로 못 잡아먹어 안달이었다. 원로원을 지지하는 세력이 맹의 구 할 이상이었지만, 맹주라는 자리만으로도 만만치가 않았다.

철혈문의 태상문주가 원로원의 십주 중 한 명이니 맹주와 대립하는 형국인데, 맹주부에서는 원로들의 약점을 잡고자 별짓을 다 하는 모양이었다.

'그래 봤자다. 가진 거라고는 흑영대(黑影隊)뿐인 맹주가 무얼 할 수 있겠어?'

이는 유장해만의 생각이 아니다.

천하영웅맹을 이루고 있는 대소 서른여섯 개 문파가 이 같은 생각을 하고 있었다.

십주가 주축이 된 원로원 역시 그 같은 생각을 한 터라 흑영대를 제외한 천하영웅맹의 모든 무력단에 대한 지휘권을 거둬들인 대가로 천룡패(天龍牌)를 넘겨주었다.

절대 무상의 권력을 가진 천룡패이지만, 원로원에 봉황패가 있어 충분히 견제할 수 있다는 심산이었다.

거기다 맹주의 손발이 되고 있는 흑영대마저 와해시키면 맹주는 이빨 빠진 호랑이일 뿐이니, 더 이상 눈치를 볼 필요도 없을 터였다.

"아닙니다. 그저 자리만 지켜주십시오. 놈의 짓이 워낙 잔

인무도하여 부득불 철쟁이들을 인질로 삼아 놈을 잡으려고 하
니 그럴 수밖에 없는 배경을 공증해 주십사 부탁드립니다.”

“그 정도야 뭐 어렵겠소? 염려 말고 일 보시오. 조금 멀긴 하
지만 여기 창가가 그럭저럭 보이는 편이니 술 한잔 들면서 지
켜보리다.”

유장해가 앉아 있는 이 층 창밖으로 멀리 십전철가가 보였
다.

십전철가가 변두리에 자리하고 있어 가장 가까운 객잔과도
거리가 오십 장 가까이 되었다.

유장해가 시선을 돌린 사이 백문초는 다른 사람들을 향해
눈길을 던졌다.

모두들 서로 눈빛을 교환하며 고개를 끄덕였다.

그런데 유장해가 갑자기 웃으며 말했다.

“한 놈 잡자고 다섯 분이 모두 나선다면 그 또한 좋은 모습
은 아니지 싶소.”

명백한 비웃음이다.

뭐가 그리 무서워 다섯이나 우르르 몰려 나가냐는 것이다.
자신들의 능력이 그것밖에 안 되냐는 조롱이 담긴 말이다.

백문초 등은 낯빛을 굳혔다.

얼굴을 붉히는 이도 있었다.

“유 대협의 말씀이 맞는 듯하오. 보는 눈이 많으니 두 분께
서는 유 대협을 모시고 이곳에 계십시오. 혹여 놈의 마성이 폭
발하여 무차별 살인을 저지르거든 그때 한걸음에 달려와 철퇴

를 가하여 주시면 될 겁니다."

백문초의 말에 귀도림주와 등룡곡주는 고개를 끄덕이며 도로 자리에 앉았다.

이번 일은 백문초가 주도하기로 합의하였기에 별말 없이 따랐다.

한편으로는 자신들은 손 한 번 쓰지 않고 다른 세 사람의 무공을 살펴볼 기회이니 나쁘지 않다는 생각을 하였다.

"그럼 유 대협, 나중에 뵙겠습니다."

"그러시오. 간만에 난화무영수(亂花無影手)의 절기를 기대하도록 하겠소."

유장해의 말이 끝나자 백문초와 풍림당주 유가원, 천리표국주 동중산 이렇게 세 사람은 살기등등한 모습으로 거리로 나갔다.

철마방주 구포라는 이미 거리에 대기 중이었다.

"어서 오십시오."

"연락이 왔소?"

자신의 인사를 받지도 않고 묻는 백문초를 향해 구포라는 허리를 숙여야 했다.

"아직입니다."

상황이 어떻게 되는지 가서 확인하라고 보낸 홍귀와 봉두난발한 사내를 말함이다.

구포라는 두 사람에게 철혼이 해남도의 무인들과 싸워 살아남거든 죽여 버리라고 지시했다. 물론 놈을 죽일 수 없겠거든

서둘러 달려오라고 명했다.

"놈이 서문 노인의 굉뢰도를 팔성 이상 익혔다면 해남용가(海南龍家)의 소가주라도 어림없을 것이오. 하니 어서 철가로 가서 놈을 기다리도록 합시다."

백문초의 말에 유가원과 동중산은 고개를 끄덕이며 걸음을 옮기기 시작했다.

십전철가로 향하는 걸음이었다.

*　　*　　*

십전철가로 돌아가는 길.

철혼이 걸음을 옮길 때마다 철그럭 소리가 났다.

묵빛의 전포 안쪽에서 칼과 철곤들이 부딪치며 내는 소리였다.

마치 진군을 알리는 소리처럼 들려와 기분이 좋았다.

군데군데 고여 있는 흙방울을 밟으니 싱금싱금 긷고 있으니 차가운 바람이 불어왔다.

십전철가에 가지 못하도록 밀어내려는 것 같다.

물론 그럴 수는 없다.

서문 노야께서 무덤에서 달려와 만류한다면 모를까, 그 누구도 이 걸음을 멈추지 못한다.

십 년 전에 예약된 걸음이다.

누가 막을 수 있단 말인가?

문득 궁금하다.

이 걸음이 무엇을 의미하는지 그들은 알기나 할까?

모를 것이다.

몰라야 한다. 그래야 제대로 된 복수를 할 수 있다.

십 년 전에는 처음 있는 일이라 저들도 당황하여 시간을 끌었지만, 이번에는 그렇지 않을 것이다.

지금쯤이면 만일의 상황을 대비하여 자신이 무자비한 살상을 하였다는 가짜 증인들을 확보해 두고 십전철가에서 기다리고 있을 터.

간단하면서도 가장 확실한 함정을 파두고 있을 것이다.

죽음.

가장 완벽한 함정은 죽이는 것이다.

왜냐하면 죽은 자는 말이 없기 때문이다. 자신을 변론할 기회조차 없으니 얼마나 완벽한 함정인가.

십전철가의 식구들을 인질로 삼았으니 자신의 손발을 묶어놓을 수 있을 거라 여길 터, 여차하면 다섯 이리가 한꺼번에 공격하면 될 것이라 여기겠지.

하나 그들의 상대는 흑수라다.

육식동물을 잡아먹는 포식자다.

무엇을 준비했든 십전철가는 그들에게 지옥이 될 것이다.

"……!"

걸음을 멈추었다. 고개를 돌려 우측에 있는 객잔의 이 층을 쳐다봤다.

창가에 몇 사람이 보였다. 귀도림주와 등룡곡주다. 그리고 또 한 사람.

문제는 귀도림주와 등룡곡주다.

자리를 이탈하고 있다. 죽음의 무대에서 벗어나 있다.

있을 수 없는 일이다. 끌어들여야 한다.

'방법은?

그들과 함께 있는 한 사람.

누군지 알겠다.

'철혈문이군.'

어째 안 보인다 했다.

이제라도 나타났으니 되었다.

그가 있으니 귀도림주와 등룡곡주를 제자리로 끌고 갈 수 있을 것이다.

'천하영웅맹의 한 자리를 차지하고 있으니 날 알아볼 수 있을 터, 그것이면 충분하다.'

의미심장한 미소 한 번 던져주고 가던 길을 나서 걸었다.

이 미소의 의미가 무엇인지 당황스러울 것이다.

＊　　　＊　　　＊

'웃어?

철수검 유장해는 눈살을 찌푸렸다.

거리를 걷던 새까만 철립을 눌러쓴 사내가 미소를 짓는 순간 알 수 없는 불길함이 느껴졌다.

"저놈입니다."

"음? 무슨 말이오?"

"저놈이 바로 그놈입니다."

"아, 저놈이었소? 한데 어디서 굴러다니다가 왔답니까?"

"낭인으로 떠돌며 굉뢰도를 익힌 듯싶습니다."

"굉뢰도라… 확실하오?"

"눈으로 본 게 아니라 확신하지는 못합니다만……."

"낭인으로 떠돈 게 확실하냔 말이오?"

"저놈 복색이 저러하니… 어찌 그러십니까?"

"놈의 기도가 심상치 않아서 그럽니다."

"말씀 드렸잖습니까. 놈의 칼이 보통이 아니라고."

"어쩌면 두 분께서도 가보는 게 나을지도 모르겠군요."

"그 정도입니까?"

"제 눈이 잘못되지 않았다면 그럴 겁니다."

유장해의 말에 가득천과 등룡곡주가 굳은 표정을 지을 때였다.

등룡곡의 복장을 한 인물이 이 층으로 올라왔다. 그는 등룡곡주가 가득천, 유장해와 함께 자리하고 있는 것을 확인하고는 한쪽으로 물러나려고 했다.

한데 등룡곡주가 손짓해서 불렀다.

"귀면살이 왔으면 당장 철가로 가서 백룡보주의 명을 따르라고 해라."

등룡곡주는 놈의 기도가 심상치 않다는 유장해의 말에 귀면
살이라도 먼저 보내고 천천히 자리에서 일어나려고 했다.

허겁지겁 달려가는 것도 위신이 떨어지는 것이라 여겨졌기
때문이었다.

그런데 엉뚱한 일이 일어났다.

"귀면살이 오지 않았습니다."

"뭐?"

"불산에서 일이 터진 모양입니다."

"무슨 일?"

"귀면살(鬼面殺)이 웬 놈들에게 끌려간 후 모습을 보이지 않
는다고 합니다."

"영웅루(英雄樓)의 황가라더냐?"

"아닙니다. 뜨내기 낭인들 같은데, 환우멸절우주최강절대
무적(寰宇滅絶宇宙最强絶對無敵)! 분쇄곤(分碎棍)! 널 두들겨 팰
이름이니까, 절대 잊지 마라! 라고 외치더랍니다."

그때였다.

유장해가 자리에서 벌떡 일어났다.

"방금 분쇄곤이라고 하였느냐!"

"왜 그러시오?"

등룡곡주가 의아하여 물었다.

그러나 유장해는 잔뜩 굳은 얼굴로 다그쳐 물었다.

"얼른 대답하지 못할까?"

"예, 분명 분쇄곤이라고 들었답니다."

"허어!"

"유 대협!"

"분쇄곤이 뭔지 모르시오?"

유장해가 인상을 쓰며 등룡곡주를 바라보았다.

그게 뭐냐는 얼굴로 쳐다보고 있다.

이러니 우물 안 개구리라는 소리를 듣지.

귀도림주를 돌아봤다.

그 역시 대답을 못한다. 미간을 찌푸리고 고개를 갸웃하는 게 들어는 보았나 보다.

천하영웅맹이, 아니, 맹주부를 제외한 각 부처가 흑영대와 흑수라에 대해 쉬쉬하고 감추었기로서니 이토록 무지하단 말인가.

유장해는 답답하여 확 소리를 질렀다.

"흑영대!"

"흑영대라면 맹주의 직속이라는……!"

"이제 아셨소?"

"분명 흑영대의 무공 중 하나가 분쇄곤이라고 했던 것 같소."

"분쇄곤은 근접전에 특화된 무공이오. 흑영대가 사도전에 악명을 떨치고 있는 것도 다 분쇄곤 덕분이오. 아니, 그것보다 흑영대가 불산에 나타난 이유가 뭐지? 좀 전의 그놈도… 놈의 인상착의에 대해 말해보시오."

유장해는 좀 전에 철혼의 얼굴을 보았다.

그러나 거리가 멀었던 데다 철립이 그늘을 만들어놓아 자세히 볼 수가 없었다. 입꼬리가 말아 올라가는 것을 보았을 뿐이다.

'설마 흑수라는 아니겠지. 맹주부에 있어야 할 놈이 이곳에 있을 리가 없잖아. 그것도 이런 인간들과 아웅다웅하면서 말이야. 아닐 거야.'

유장해가 그런 생각을 하며 가득천과 등룡곡주를 번갈아 보니 가득천이 입을 열었다.

"각진 얼굴이라 제법 강한 인상이오. 어렸을 땐 없었는데, 얼굴에 상흔이 있더이다."

"망할!"

가득천의 말이 끝나기가 무섭게 유장해가 자리를 박차고 나갔다.

"유 대협!"

"놈이오! 놈이란 말이오!"

자세한 설명도 없이 허둥지둥 신형을 날리는 유장해의 모습이 사태의 심각성을 알려주었지만, 가득천과 등룡곡주는 어안이 벙벙할 따름이었다.

십전철가 정문 앞의 거리에 일백여 숫자가 진을 치고 있었다.

철혼이 나타나자 뒤쪽에도 그만큼의 숫자가 나타났다.

십전철가 안에도 개떼처럼 바글거리고 있었다.

철혼은 입매를 비틀어 웃으며 성큼 걸었다.

보보마다 살의가 이글거리기 시작했다.

저들은 최악의 선택을 하였다.

십전철가를 인질로 삼았으니, 그 대가로 상상도 못할 혈지옥을 보게 될 것이다.

오른손을 움직여 칼자루를 쥐었다.

─죽여라! 죽이고, 죽이고 또 죽여라!

놈이 머릿속에 대고 속삭이는 것 같다.

끔찍할 정도로 잔인한 놈이다.

그래도 싫지는 않다.

무인이 칼을 쥐었다 함은 죽이겠다는 것이고, 놈을 쥠으로써 보다 많은 적을 벨 수 있었으니까.

"이놈! 또 얼마나 많은 이를 죽이고 오는 것이냐!"

철혼이 걸음을 멈추기도 전에 백룡보주 백문초가 호통을 질렀다.

십전철가 안쪽으로 시선을 돌려보니 철가의 사람들이 죄다 무릎을 꿇고 있는 모습이 보였다.

철마방의 불나방들이 여차하면 베어버릴 준비를 하고 있었다.

"꿇어라!"

백문초가 호통을 질렀다.

네놈이 무릎을 꿇지 않고 배기겠냐는 표정이 역력했다.

옆에는 풍림당주 유가원과 천리표국주 동중산이 준엄한 표정을 짓고 있었다.

그 표정 속에 이리의 잔혹한 습성이 가득하다는 걸 광주 땅의 민초들이 모두 아는데 말이다.

뒤쪽에는 철마방주인 흑혈도부(黑血屠斧) 구포라가 두 자루의 도끼를 움켜쥐고 여차하면 달려들 기세를 하고 있었다.

일전에 만났을 때는 도끼를 쥐지 못해 당했지만, 이번엔 다를 것이라는 자신감이 역력했다.

그의 혈육이 허창(許昌)에 있다는 걸 알고 있으니 어떡해서든 죽여 버리고 싶을 것이다.

그러나 세상의 일이란 상식을 어긋나기도 하는 법.

철혼은 칼을 뽑았다.

“네놈이 정녕 악마의 길을 가려는 것이냐!”

또다시 백문초가 호통을 쳤다.

순간 철혼은 눈 한 번 깜박이지 않고 신형을 날렸다.

“막아라!”

백문초가 소리치며 구포라를 향해 달려드는 철혼을 뒤쫓았다. 유가원과 동중산 역시 신형을 날렸다.

쩌― 겅!

날카로운 쇳소리와 함께 구포라의 신형이 단박에 튕겨 났다.

어찌된 영문인지 구포라의 가슴에 철혼의 칼이 박혀 있었다.

흑도의 수괴인 철마방주 구포라를 반드시 죽여야 할 자로 여기고 있던 철혼이 혼전인 와중에 그가 도주할 것을 우려하여 도끼를 쳐내자마자 훤히 드러난 구포라의 가슴에 칼을 박아버린 것이다.

그러한 사정을 알지 못한 백문초의 얼굴에 미소가 떠올랐다.

"놈이 도주하려는 모양이오!"

쥐새끼도 구석으로 몰지 않는 법이라고 했다. 다급해지면 고양이를 물기 때문이다.

그래서 놈의 뒤쪽에 철마방주를 배치했다.

다급해지면 놈이 그쪽으로 달아날 거란 심산이었다.

역시나 생각대로였다.

십전철가 사람들을 살리자고 무릎을 꿇을 수는 없을 터, 놈이 할 수 있는 건 도주뿐이다.

'놈, 그렇다고 무기까지 버린단 말이냐! 서문 노인이 무덤에서 한숨을 쉬겠다!'

백문초는 흰 이를 드러내 웃었다.

놈은 도주조차 하지 못할 테니까.

철마방 패거리들 사이사이에 귀도림과 둥룡곡의 고수들을 심어두어 놈의 걸음을 붙잡도록 지시해 두었기 때문이다.

그런데 놈이 이상한 행동을 했다.

계속 도주를 감행하는 것이 아니라 허리춤에서 두 자루의 철곤을 꺼내 드는 것이 아닌가.

'흥! 어디서 곤법이라도 한 수 얻어 배운 모양이구나!'

백문초는 난화무영수(亂花無影手)의 절초로 철혼의 목을 꺾어버릴 생각을 하며 더욱 빠르게 신형을 날렸다.

그때였다.

철혼이 오른손에 쥔 철곤을 뻗었다.

그러자 철곤의 끝이 구포라의 가슴에 박힌 칼자루의 끝과 맞물리며 찰칵하는 소리와 함께 하나로 결합되었다.

철곤과 칼이 결합하자마자 구포라의 가슴에서 칼이 빠져나왔다.

핏줄기가 빠져나가는 칼날을 따라 빗줄기처럼 뿜어졌다.

쉬악!

백문초는 깜짝 놀랐다.

철곤과 결합한 철혼의 칼이 허공을 크게 가르며 그의 머리를 쪼개려고 들었다.

급히 신형을 비틀어 피하니 찰칵 소리가 들리며 칼이 쏜살처럼 날아가 뒤쪽에서 따르던 누군가의 가슴에 틀어박혔나.

백문초는 누가 당했는지 확인할 새도 없이 철혼을 향해 시선을 돌렸다.

순간 그는 볼 수 있었다.

광풍처럼 들이닥치는 철곤들의 무자비한 파상공세를.

백문초는 기겁하여 난화무영수를 펼쳤다.

기쾌하게 뻗어 나오는 손 그림자, 시작과 끝을 분간하기 어려울 정도로 어지럽다.

그러나 상대는 무자비한 악마의 철퇴였다.

시작이고 끝이고 가리지 않고 힘으로 두들겼다.

퍼버버버벅!

'헉!'

백문초의 얼굴이 와락 구겨졌다.

두 다리는 연신 뒷걸음질 치고 있었다.

철곤에 실린 경력이 상상 이상으로 강력하여 그의 두 손이 짓이겨지는 것 같은 고통이 느껴졌다.

또 빠르기는 어찌나 빠른지 풍림당주인 유가원과 천리표국주인 동중산이 제때에 끼어들지 않았다면 어딘가 두들겨 맞고 말았을 것이 틀림없었다.

좌자자자자장!

동중산의 검이 추혼십이검식(追魂十二劍式)의 검초들을 어지럽게 쏟아냈고, 유가원의 장도가 대홍유가도법(大紅柳家刀法)의 도격들을 사납게 펼쳤다.

그러나 두 자루의 묵곤을 감당하지 못하고 있었다. 간신히 막는 정도이지 밀어붙이지 못했다.

'꿩뢰도보다 더 강한 무공을 익혔단 말인가?'

백문초의 가슴이 철렁했다.

하나 놀라고 있을 틈조차 없다.

서둘러 신형을 날려 놈의 사각으로 파고들었다.

빡!

어느새 철곤이 내려쳐 막는다.

그리고 한 걸음.

놈이 한 걸음 움직이자 태산이 눈앞에 우뚝 선 것 같다.

부아악!

위맹하기 짝이 없는 파공음을 터뜨리며 철곤 하나가 달려든
다.

"죽어라!"

"조심하시오!"

동중산과 유가원이 화급히 달려들어 보지만, 또 한 자루의
묵곤이 광풍을 일으키니 별반 도움을 주지 못했다.

그사이 둔탁한 소리가 터지며 백문초가 대경한 모습으로 훌
쩍 물러났다.

그의 오른 손목이 퉁퉁 부어올랐다.

수공(手功)을 익힌 자가 철곤에 맞아 손목이 탈구된 것이다.

철혼은 거기서 멈추지 않고 당황하는 사람들을 향해 범처럼
덮쳐 갔다.

부아아악! 부악!

두 자루의 철곤이 위맹한 기세를 폭발시켰다.

세 사람은 좀 전과 같은 오만함을 잃고 물러서기에 급급했
다.

"당주님!"

"이놈, 죽어라!"

풍림당의 사풍도(死風刀) 염당과 혈풍조(血風爪) 척가량이
상황이 심상치 않음을 파악하고 신속하게 끼어들었다.

섬전수(閃電手) 백이를 비롯한 백룡보의 고수들도 달려왔고, 천리표국의 표두와 표사들 역시 다급히 달려왔다.

퍽퍽! 퍼버버버벅퍽퍽!

철혼의 철곤은 절대적이었다.

달려드는 족족 나가떨어졌다. 병기를 휘두르면 병기와 함께 두들겨 맞았다. 두 자루 철곤에 실린 경력을 누구도 감당하지 못했다.

게다가 철혼의 손속은 무자비했다.

팔이고 가슴이고 가리지 않고 두들겼다.

머리통이 깨져 피를 철철 흘린 자도 있었다.

절대지세!

철혼 한 사람이 십여 명의 고수를 일거에 밀어붙였다. 광주의 다섯 호랑이 중 세 사람이 힘을 쓰지 못했다. 두 자루의 철곤이 이토록 무서울 줄은 꿈에도 몰랐다.

사백에 달하는 일반 무인은 고수들의 결전을 목격하고는 경악과 감탄 사이에서 어쩔 줄을 몰랐다.

찰칵!

철혼의 묵곤이 칼과 결합했다.

당연하게도 칼의 길이만큼 공격할 수 있는 범위가 넓어졌다.

스칵!

혈풍조(血風爪) 척가량의 팔이 잘렸다.

"철혼!"

죽을 힘을 다해 달려들던 백이의 섬전수가 왼손의 철곤에 맞아 박살이 났다.

손가락뼈가 바스러졌으니 최소 몇 년간은 수저조차 들지 못할 것이다.

철혼은 이리떼를 밀어붙이는 맹호 같았다.

달려드는 족족 일격에 나가떨어졌다.

순식간에 왔던 길을 거슬러 십전철가의 정문 앞까지 밀고 왔다.

철혼의 뒤로 십여 장 거리가 피로 물들었다.

삼십여 명이 나뒹굴고 있었고, 그중 몇몇은 즉사를 면치 못했다.

"멈추시오!"

우레와 같은 대성일갈이 거리를 뒤흔들었다.

철혼은 입매를 비틀어 웃으며 걸음을 멈추었다.

이윽고 옷자락을 펄럭이며 유장해가 장내에 도착했다. 귀도림주 가득천과 등붕곡수는 철혼의 배후가 되는 위치에서 넘추었다.

유장해는 양측의 사이에서 잔뜩 굳은 얼굴로 거리를 둘러본 후 철혼을 바라봤다.

"흑영대주가 맞는가?"

묻는 얼굴이 경직되어 있다.

아니길 바라는 마음이 엿보인다.

그러면서도 눈알을 굴려 이쪽의 무위를 파악하려고 애쓴다.

만만하면 연수합격을 마다않고 사납게 물어뜯으려고 들겠
지.

그러길 바란다.

아니, 그렇게 될 것이다.

만만히 보고 한 놈도 도주하지 말라고 적당히 상대해 주었
으니까.

자, 이제 대답을 해줄까.

물론 그가 가장 듣고 싶지 않은 대답이 되겠지만.

"그렇소."

"으음."

유장해의 얼굴이 납덩이처럼 딱딱하게 굳어버렸다.

그의 우려가 사실임이 확인되었다.

흑영대주!

흑수라(黑修羅)라는 별호로 더 알려져 있다.

맹주의 명만을 따르고, 맹주 외에는 그 누구도 진실한 그의
무위를 모른다고 했다.

그가 나서서 실패한 임무가 없었다는 것만 보아도 그의 강
함을 충분히 예상할 수 있다.

딱 한 번, 그가 두각을 드러내기 전에 일반 흑영대워이었을
때를 제외하곤 말이다.

'얼굴의 상처는 그때 당한 것이라고 했던가?

유장해는 철혼의 철립 아래로 보이는 검붉은 상흔을 확인
했다.

들었던 대로 혈루처럼 보인다.

흑수라의 혈루가 꿈틀거리면 전장의 기세가 달라진다고 했다.

일개 개인의 힘으로 전황조차 바꾸어버릴 수 있는 자.

그래서 맹주가 절대적인 신임을 주는지도 모르겠다. 일각에서는 맹주의 힘이 그에게서 나온다고도 했다.

하나 그 정도까지는 아닐 것이라는 게 지배적이었다.

"무슨 일인지는 모르지만……."

유장해는 시치미를 떼고 중재에 나서고자 했다.

광주에서 상납되는 금전이 상당한 액수라 더 이상의 피해를 막고자 했다.

하지만 흑수라가 허락하지 않았다.

"제발 끼어들어 주시오. 당신을 죽이고 철혈문을 찾아갈 테니까."

"뭣이?"

유장해가 소리쳤다.

분노하고 있음은 표정을 통해 알 수 있었다. 그러나 그는 감히 검을 뽑을 수가 없었다.

철수검(鐵手劍) 유장해.

양산철혈문(陽山鐵血門)에서 열 손가락 안에 드는 고수임에도 그는 화를 삭여야 했다.

'놈은 진심이다. 진짜 본문으로 쳐들어갈 놈이야!'

유장해는 이러지도 못하고 저러지도 못해 당황했다.

그때였다.

"흑영대주든 뭐든 소용없다. 네놈이 한 짓거리가 백일하에 드러났거늘 호북에 있는 허수아비 맹주가 다 무슨 소용이겠느냐!"

백문초가 바득 소리쳤다.

예상 밖으로 놈이 강했고, 신분 또한 범상치 않은 듯 보이지만, 놈은 결국 혼자고 벗어날 수 없는 올가미를 씌워놓았으니 피해를 입더라도 놈만 죽여 버리면 그만이라는 게 그의 생각이었다.

그러나 유장해의 생각은 달랐다.

'멍청한, 그가 무서운 건 맹주의 신임을 받고 있어서가 아니라 그의 무공이다. 모두들 쉬쉬하고 있지만 맹의 원로들이 나서지 않는 한 누구도 그의 상대가 될 수 없다는 게 중론이다.'

유장해는 고민했다.

여기서 놈의 무위를 이야기하고 싸움을 말려야 할지.

하나 흑수라에 대한 언급은 맹 차원에서 삼가고 있었다.

흑수라와 흑영대의 일이 천하 각지로 퍼지는 것을 막고자 함이다. 조만간 사라질 이름들 때문에 맹을 향한 시선에 의혹이 담기지 않도록 하고자 함이었다.

유장해의 고민은 잠깐에 불과했다.

하나 그 잠깐을 참지 못하고 백문초의 입에서 돌이킬 수 없는 명령이 떨어졌다.

"들어라! 지금부터 놈이 움직이면 십전철가의 사람을 한 명씩 죽여 버려라! 악마 같은 놈을 숨겨준 죄, 죽어 마땅하다!”

백문초가 사이하게 웃었다

이제 네놈이 무얼 할 수 있느냐는 표정이었다.

순간 철혼의 신형이 번개같이 튀어나왔다.

촤ㅡ악!

공간이 갈라지고.

푸확!

피분수가 솟구쳤다.

누구도 예상치 못했고, 누구도 철혼의 속도를 제대로 인지하지 못했다. 이제껏 보인 속도보다 월등히 빨랐다. 백문초가 막으려고 손을 움직였으나 이미 철혼의 칼이 지나간 후였다.

“……!”

백문초는 자신의 가슴을 내려다봤다.

쩍 갈라진 가슴에서 뜨거운 김이 모락모락 피어나고 있었다.

자신의 가슴에서 흘러나온 피비린내가 콧속을 자극하였다.

속이 울렁거렸고, 머릿속의 무언가가 정지해 버렸다.

시야가 급속도로 흐려지더니 갑자기 하늘이 보였다.

잿빛으로 우중충한 하늘이었다.

“아버님!”

“보주님!”

백문초가 쓰러지자 섬전수 백이와 백룡보의 무인들이 기겁하여 달려왔고, 천리표국주 동중산이 고함을 질렀다.

"이놈! 끝까지 해보자는 것이냐! 좋다! 누가 이기나 보자! 독
질! 철마방주가 죽었다! 그년의 팔을 잘라 버려라! 그년의 팔이
잘려도 이리 날뛰는지 보겠다."
십전철가 안에 있던 두곽은 철마방주의 죽음을 보지 못했
다.
그래서 뒤늦게 그 사실을 듣게 되자 두 눈이 돌아버렸다.
세상엔 알려지지 않았지만, 철마방주는 두곽에게 하나밖에
없는 형제였다. 배다른 사이이긴 하나 성질만 더러운 두곽이
이만큼이라도 행세하고 살 수 있었던 건 모두 철마방주 구포
라가 뒤를 돌봐준 덕분이었다.
구두곽, 그것이 그의 본명이었다.
"개새끼! 감히 형님을 죽였단 말이지?"
두곽이 날이 시퍼런 육도를 꺼내 들었다.
한 손으로는 자신 앞에 무릎을 꿇고 있는 철화옥의 머리채
를 잡아챘다.
"아악!"
철화옥이 소리를 질렀다.
그러나 철혼은 시선조차 주지 않았다.
그 대신 동중산을 향해 싸늘히 말했다.
"당신이 내린 명령으로 인해 이 자리의 모두가 죽어나갈 것
이오!"
"헛소리! 뭐하느냐! 어서 잘라 버리지 않고!"
동중산이 두곽을 돌아보며 천둥같이 소리쳤다.

그런 동중산의 눈에 두곽이 육도를 치켜드는 모습이 보였
다.

"안 된다! 이놈!"

철중양이 소리치며 일어나려다가 철마방의 무인에게 걸어
차였다.

육도를 쳐든 두곽이 철혼을 바라봤다.

입가에 잔혹한 미소를 베어 물고 있는 게 팔 하나로 만족할
모양새가 아니었다.

"크크큭! 어디 끝까지 외면하는지 보자!"

두곽이 철혼이 들으라는 듯 크게 외치며 육도를 휘둘렀다.

쉬— 잇!

바람을 가르는 소리다.

단호하고, 거리낌 없는 일도가 바람을 갈랐다. 그리고 피가
튀었다.

붉은 피다.

"……!"

두곽은 이해할 수가 없었다.

눈앞에 있는 계집의 머리통을 잘라 버려야 할 자신의 육도
가 어찌 허공으로 솟구치고 있는 것인지.

자신의 손은 어찌 거기에 붙어 있을까.

뿜어지고 있는 핏물은 계집의 것이 아닌 자신의 것이었다.

팔이 잘렸으니 핏물이 쏟아지는 건 당연지사다. 그걸 이해
못 하는 게 아니다. 두곽이 납득할 수 없는 건 왜 자신의 팔이

잘렸느냐다.

고개를 돌려보니 얼음장처럼 차가운 눈이 자신을 바라보고 있다.

"왜?"

대답 대신 칼이 날아들었다.

두곽의 머리통이 목에서 떨어져 땅바닥에 나뒹굴었다.

시커먼 혁피화가 두곽의 머리통을 걷어찼다.

그제야 철마방의 무인들이 기겁하여 달려들었다. 그러나 그들에게 돌아간 건 세 자루의 칼이 내리는 참혹한 죽음뿐이었다.

10장

"이놈들!"

동중산이 대경하여 소리를 질렀다.

그는 느닷없이 두곽의 머리통을 잘라 버리고, 달려드는 철마방의 무인들을 무참히 도륙하고 있는 세 명의 낭인을 잡아먹을 듯이 노려봤다.

철혼만 아니라면 한걸음에 달려갈 기세였다.

하나 곧 두곽을 베어버린 일만큼이나 놀라운 일이 벌어졌다.

무지막지한 칼질에 철마방의 무인들이 더 이상 달려들지 못하자 세 명의 낭인이 허리 뒤로 손을 돌려 회색의 장포 안쪽에서 각기 두 자루의 철곤을 꺼내 손에 쥐고 있던 칼과 하나로 결합하였다.

동중산은 두 눈을 치뜨며 철혼을 돌아봤다.

철곤 하나만 결합하고 있었지만, 같은 모양을 하고 있었다.

한 패거리라는 걸 알 수 있었다.

"흑영대!"

유장해가 놀라 부르짖었다.

표정을 보니 정말 크게 놀란 모양이었다.

저들이 어찌 이곳에 있는 것인지, 대체 어떤 일이 벌어지고 있는 것인지 유장해는 당황스럽기만 하였다.

'아차! 불산!'

불산에도 흑영대가 나타났다고 했다. 그렇다는 건 무언가, 무슨 일인가 크게 벌어지고 있음이 분명했다.

'본문에 알려야 해.'

유장해는 다급해졌다.

그렇다고 곧바로 자리를 뜰 수는 없었다.

그때였다.

철혼의 입에서 냉혹하리만치 차가운 명령이 떨어졌다.

"죽여라!"

귀수(鬼手), 귀혼(鬼魂), 귀도(鬼刀).

삼귀(三鬼)라고 알려진 세 사람이 철마방의 무인들을 무차별적으로 도륙하기 시작했다.

"흑영대주! 적이 아니면 함부로 살상할 수 없다는 맹의 규율을 어기려는 것인가?"

유장해가 다급히 소리쳤다.

철마방이 존재해야 백룡보와 천리표국 등에게서 받는 상납금이 끊어지지 않을 것이다. 하니 눈앞에서 철마방이 와해되는 꼴을 두고 볼 수 없었다.

그러나 철혼은 돌아보지도 않았다.

되레 동중산을 향해 걷기 시작했다.

"흑수라! 이 일을 맹에 알려……."

"협잡에 폭력은 물론이고 납치, 강간, 살인, 그리고 강탈. 철혈문(鐵血門)이 관련되어 있다면 각오하는 게 좋을 거요."

유장해의 얼굴이 대번에 굳었다.

철혼의 말이 마치 염왕의 판결문처럼 들려 가슴속이 섬뜩했다.

'맹주! 맹주다! 단순히 복수를 하려고 온 것이 아니다. 이놈은 맹주의 명을 받고 온 것이 틀림없어. 어서, 어서 이 사실을 본문에 알려야 해!'

유장해는 동중산을 바라봤다.

동중산은 철혼을 경계하며 도와달라는 눈빛을 보내오고 있었다.

그러니 유장해는 동중산의 바람을 외면했다.

"본 문과 무관한 일이네."

유장해는 그 말을 남기고 등을 돌렸다.

"유 대협!"

동중산이 화급히 불렀으나 뒤도 돌아보지 않고 가버렸다.

“그동안 광주 사람들의 피눈물을 빨아먹었으니, 이젠 당신들이 피를 흘릴 차례다.”

철혼의 음성이 차갑게 내리 깔렸다.

북풍한설이 몰려오는 듯 한기가 주위를 짓눌렀다.

여름을 앞두고 있는 시기의 광주에 추위는 있을 수 없는 일이다.

공포였다. 두려움이었다.

피가 싸늘히 식을 정도로 불안감이 극에 달했다.

“으아아아아악! 죽어라!”

부친의 죽음에 이성을 상실한 섬전수 백이가 사납게 달려들었다. 백룡보의 무인들이 덩달아 달려왔다.

그러나 철혼의 좌수가 휘두른 철곤에 무자비하게 두들겨 맞을 뿐이었다.

머리가 깨지고, 어깨가 부서진 자들이 신음하며 땅바닥에 나뒹굴었다.

철혼은 정신을 잃어버린 백이를 내려다보다 시선을 돌렸다.

“당신이 내린 명령으로 인해 이 자리의 모두가 죽어나갈 거라고 말한 것으로 아는데?”

철혼의 말에 동중산이 진저리를 치듯 부르르 떨었다.

그때 철혼의 뒤쪽에서 등룡곡주가 입을 열었다.

“참으로 멋지게 당했구나! 제대로 당했어!”

철혼이 돌아보자 등룡곡주의 두 손이 새하얀 서리가 내린 것처럼 하얗게 변하고 있었다.

그의 독문무공인 한빙장(寒氷掌)이었다.

"상문충, 쾌비수(快飛手)와 협잡하여 광서성 하주목가(賀州木家)를 몰살시켰으니 이제라도 그 대가를 치러야겠지?"

등룡곡주 상문충의 명을 받고 천리표국에 표물을 의뢰하러 가던 이들이 죽었고, 표물은 사라졌다.

광동성의 대도로 악명 높던 쾌비수가 하주목가에 표물이 있다는 걸 알려와 그길로 쳐들어가 하주목가를 몰살시키고 표물을 찾았다.

그게 오 년 전 세간에 떠돌았던 이야기다.

물론 진실은 그것과는 달랐다.

"하주목가는 어차피 사파다. 맹과는 상관이 없지. 그리고 넌 서문 늙은이의 죽음을 이야기하고 싶은 거 아니냐? 이 손으로 머리통을 부숴 버렸으니까."

이죽거리는 상문충의 두 손 주위로 새하얀 아지랑이가 일렁였다.

한빙장(寒氷掌)의 무위가 절정을 앞두고 있음이 역력했다.

철혼은 대꾸하지 않았다.

혈루처럼 보이는 눈가의 상흔을 씰룩였다.

그게 무엇을 의미히는지 상문충은 모르고 있다.

―흑수라의 혈루가 꿈틀거리면 전장의 기세가 달라진다.

피아를 막론하고 아는 이들은 알고 있는 말이다.

그러나 흑영대 외에는 함부로 떠벌리지 못하는 말이기도 했
다.

"반드시… 죽여주마!"

철혼이 땅을 박찼다.

그의 움직임을 따라 섬뜩한 살기가 휘몰아쳤다.

상문충이 기다렸다는 듯이 반사적으로 움직였다. 한빙장의
빙기를 잔뜩 머금은 쌍장이 철혼의 정면으로 뻗었다.

귀도림주 가득천 역시 수중의 칼을 휘두르며 달려들었고,
동중산의 추혼십이검식(追魂十二劍式)과 유가원의 대홍유가도
법(大紅柳家刀法) 역시 폭풍처럼 몰아쳤다.

백룡보주 백문초가 죽었지만, 광주 땅의 맹호 중 넷이 남아
있었다.

천하를 뒤흔드는 고수라면 모를까, 네 사람이 합공을 한다
면 누구도 배겨나지 못할 것 같았다.

흑영대가 어쩌고 흑수라가 어쩌고 하지만, 철중양의 눈에는
철혼이 위험해 보이기만 했다.

하여 철마방의 무리를 절반 가까이 도륙하고 나머지는 무릎
을 꿇려놓은 세 사람을 향해 애원하듯 소리쳤다.

"제발 도와주시오."

"누굴 도와달란 말입니까? 저 네 사람을 도와주면 되겠습니
까?"

"예에?"

철중양이 가슴 철렁하여 쳐다보자 두곽의 목을 베었던 이가 씩 웃는다.

무표정일 때는 독사의 눈처럼 그리도 무서워 보이더니 저리 웃으니 옆집 청년처럼 평범해 보였다.

"한 번 믿기로 하였으면 하늘이 두 쪽 나도 믿어보십시오. 대주가 그 정도 믿음도 못 주는 사내입니까?"

"아니요. 믿습니다. 믿고말고요. 철혼이 저놈은 어렸을 때부터 한다면 기어코 해내는 놈이었습죠."

옆에서 듣고 있던 왕 노인이 힘주어 말했다.

그러나 철중양은 굳은 얼굴 그대로였다.

"대주는 어렸을 때부터 고집이 셌군요."

"고집이 세다기보다는 사내다웠다는 말이 맞을 겁니다. 자기가 한 말에는 무슨 일이 있어도……!"

왕 노인은 급히 말을 멈추었다.

철혼이 등룡곡주 상문충을 향해 땅을 박차고 튀어나갔기 때문이다.

'지지 마라!'

염원하는 왕 노인의 눈에 새하얀 쌍장을 내뻗는 상문충의 모습과 검과 칼을 폭풍처럼 휘두르며 달려드는 가득천 등의 모습이 보였다.

퍽퍽!

철혼의 왼손이 휘두른 철곤이 상문충의 쌍장을 거푸 때렸고, 이어서 오른손이 크게 휘두른 칼날이 가득천의 칼을 쳐내더니 그 기세 그대로 크게 휘돌아 뒤쪽에서 달려드는 동중산과 유가원의 공세를 일거에 밀어냈다.

그렇게 공간이 확보되자 철혼의 눈빛이 착 가라앉았다.

단숨에 네 사람의 무공 수위를 가늠하고는 한 사람을 향해 벼락처럼 달려들었다.

풍림당주 유가원, 바로 그다.

도(刀)는 성난 맹수처럼 사나워야 하건만, 그의 칼은 힘이 제대로 실리지 않아 기세가 약했다.

차— 앙! 차차차창!

몇 번의 격돌로 유가원이 뒷걸음쳤다.

'굉뢰도!'

철곤과 결합하여 길이가 길어졌지만, 굉뢰도가 틀림없다.

유가원은 서문 노인에게 당했던 옆구리가 저릿해지는 느낌을 받았다.

'그때도……!'

서문 노인 역시 유가원을 집요하게 물고 늘어졌다.

서둘러 손을 하나라도 줄이려는 것이다.

다시 말해 서문 노인과 철혼은 유가원이 가장 약하다는 걸 알아차렸다는 뜻이다.

'흥! 네놈은 서문 노인의 전철을 따르게 될 거다.'

유가원은 이를 악물었다.

철혼이 팽이처럼 휘돌며 철곤과 결합한 칼을 맹렬하게 휘둘러 달려드는 동중산과 가득천, 그리고 상문충의 접근을 차단하는 순간 먹이를 덮치는 맹호처럼 쇄도했다.

철혼의 사각을 노리고 기습적으로 달려들었다.

순간 완전히 돌아선 철혼의 칼이 유가원의 옆구리를 향해 들이닥쳤다.

"큭!"

유가원의 입에서 신음이 터졌다.

서문 노인이 그랬던 것처럼 철혼의 칼이 그의 옆구리에 틀어박혔다.

그러나 피가 흐르지 않았다.

이런 일을 대비하여 안에 보호 장구를 착용한 덕분이다.

덥석!

유가원이 철혼의 칼 손잡이를 잡았다.

'지금이오!'

두 눈으로는 철혼을 잡아먹을 듯이 노려보며 동중산과 가득천, 그리고 상문충이 십 년 전에 서문 노인을 난도질했던 것처럼 철혼을 죽이기를 바랐다.

이심전심!

광주의 호랑이들은 잘도 통했다.

동중산과 가득천, 그리고 상문충이 때를 놓치지 않고 질풍처럼 달려들었다.

유가원의 입가에 회심의 미소가 지어진 바로 그 찰나의 순간.

찰칵!

유가원의 코앞에서 기음이 들렸다.

칼자루 끝에 결합한 철곤이 풀리는 소리였다.

퍽!

철혼의 신형이 빙글 도는 것을 목도한 순간 유가원의 머리통에 아찔한 충격이 강타했다.

퍼퍽! 좌좌좌좌좡!

동중산과 가득천, 그리고 상문충 세 사람의 공세를 일거에 쳐낸 철혼이 다시 한 번 빙글 돌아 한쪽으로 기우뚱하는 유가원과 마주섰다.

무자비한 눈빛.

활화산 같은 분노가 깊숙이 소용돌이 치고 있는 극도로 차가운 눈이었다.

그 눈을 대하는 순간 철곤이 바람을 가르는 소리가 들렸다.

퍽!

유가원은 머릿속의 무언가가 산산이 박살이 나는 것을 느끼며 땅바닥에 곤두박질쳤다.

"유 당주!"

"이놈!"

동중산과 가득천 그리고 상문충 세 사람이 달려들었다.

유가원의 죽음에 자신들의 위기를 직감한 세 사람은 생사를 걸고 달려들었다.

그러나 그들 앞에 있는 사람은 흑수라였다.

파바바바밧!

철혼의 두 다리가 움직이기 시작하자 그 속도가 어찌나 빠른지 세 사람은 마치 홀로 철혼을 상대하는 것 같은 착각이 들었다.

광풍처럼 쏟아지는 두 자루의 철곤에 정신을 차릴 수가 없었다.

한빙장을 펼치고 있는 상문충의 두 손이 점점 뻗기를 거부했고, 가득천과 동중산의 칼과 검이 제대로 휘둘러지지도 못하고 튕겨 나기 일쑤였다.

퍼퍽!

결국 가슴에 일격을 허용한 상문충을 시작으로 가득천과 동중산 역시 팔과 어깨를 두들겨 맞고 말았다.

세 사람이 휘청거리며 물러났다.

철혼은 제자리에서 빙글 돌아 땅을 향해 철곤을 뻗었다.

찰칵!

죽어서도 놓지 못하고 있는 유가원의 손에 잡힌 칼자루에 철곤을 결합한 철혼은 단숨에 끌어당겨 세 사람을 향해 겨누었다.

"반드시 죽이겠다는 뜻이군."

두괵을 죽인 흑영대원이 중얼거렸다.

속도가 워낙 빨라 철곤 두 자루를 쥐었을 때가 더 무섭지만, 칼을 결합했을 때가 맨손일 때 다음으로 살기가 요동쳤다.

과연 철혼의 주위로 살기가 휘몰아쳤다.

지금껏 볼 수 없었던 엄청난 살기였다.

살기를 동반한 내기를 고스란히 개방해 버린 때문이었다.

철혼이 다가가자 세 사람이 뒷걸음쳤다.

철혼의 무공에 주눅이 들었고, 살기에 짓눌렸다. 두려움과 당황이 엄습한 눈길로 살 길을 찾아 염두를 굴리는 모습이 참으로 꼴사나웠다.

십 년 전에는 다섯이 뭉쳐 서문 노인을 잘도 난도질하더니 지금은 저리 살고자 바동거리는 꼴이라니.

철혼은 서릿발처럼 차가운 얼굴로 섬전처럼 움직였다.

부아아악!

공간을 가른 칼날이 무시무시한 파공음을 터뜨렸다.

상문충이 이를 악물고 한빙장을 뻗었다.

써컥!

섬뜩한 절단음이 귓속을 파고들었고, 불같은 통증에 진저리를 치려는 찰나 두 번의 쉿소리와 두 번의 절단음이 연거푸 들렸다.

"……!"

상문충은 가득천과 동중산을 돌아봤다.

휘청이는 가득천의 가슴이 쩍 갈라졌고, 석상처럼 멈춰 서 있는 동중산의 목이 시뻘겋게 벌어지며 그의 머리통이 굴러떨어졌다.

"이 버러지 같은 놈! 죽여라! 어디 맘껏 죽여보아라!"

양팔에서 전해져 온 지독한 통증과 죽을 것이라는 두려움.

상문충이 악에 받쳐 소리쳤다.

두 손이 잘린 그가 할 수 있는 유일한 저항이었다.

순간 철혼의 차가운 음성이 들려왔다.

"그럼 살려줄 줄 알았소?"

"뭐?"

눈을 부릅뜬 상문충의 눈에 섬광이 보였다.

그의 목을 가르는 섬광이었다.

죽음은 순식간에 찾아왔고, 그간 누렸던 풍요와 사치를 모조리 빼앗아 가버렸다.

광주의 다섯 맹호의 목이 땅에 떨어졌다.

천하가 지옥에 잠겨도 여전히 광주를 지배할 것 같던 이들이 한꺼번에 죽은 것이다.

이 믿지 못할 비현실적인 상황에 거리는 온통 정적에 휩싸였다.

다섯 맹호를 따르는 무인이 아직 수백이나 남았지만 누구도 움직이지 못했다. 함부로 움직였다간 자신의 머리통 역시 땅에 떨어질 거라는 두려움이 주박처럼 속박해 버렸다.

거리 곳곳에 숨어서 지켜보던 양민들은 자신 위에 군림하던 맹호들이 죽었지만 환호를 지를 수가 없었다. 거리에 흐르고 있는 침혹한 죽음이 그들을 두려움 속으로 몰아넣은 때문이었다.

세상이 달라졌음을, 아니, 달라질 것이라는 것을 인지하려면 며칠의 시간이 걸릴지 모를 일이다.

하지만 그건 그들의 몫이고, 철혼은 자신의 복수를 마쳤다.

그것이 겉으로 보이는 모습이다.

하나 아직이다.

끝난 게 아니다. 마지막 마무리가 남았다.

혈지옥도의 한복판에 선 철혼은 우두커니 서 있었고, 거리를 채우고 있는 수백의 사람은 숨죽이고 기다렸다.

철혼의 침묵에 거리는 지독한 정적에 잠겼다.

그러나 이런 죽음 같은 분위기와 동떨어진 사람들도 있었다.

"생각보다 오래 걸렸어. 대주답지 않군."

"틀렸다. 대주답게 하고 있다."

"틀렸다고? 저게 대주다운 거라고? 대주 실력이면 한두 합에 목 하나씩 떨어져야 정상 아냐?"

"그래서 대주다운 거다."

"뭐?"

"상대가 강하면 몸을 사리는 법이니까."

"그건 또 뭔 소리야?"

"저들 다섯으로 대주의 복수가 끝이라고 생각해?"

"아니냐?"

"발본색원, 삭초제근. 십전철가와 광주 사람들을 위해서라도 씨를 말려야 해. 그게 대주 생각일 거야."

"지금 전부 죽이면 되잖아."

"숫자가 부족해. 늙은 너구리를 포함해서 전부 오지 않았어. 그리고 지금의 상황만으로 씨를 말렸다간 감찰부가 개입하게 될 거다."

"그럼?"

"그래. 귀찮지만 이계를 시작해야지."

십전철가 사람들을 구해준 흑영대원들은 그 같은 대화를 나누며 철혼을 향해 다가갔다.

이때 그 대화를 들은 철화옥은 철혼을 바라봤다.

야차와 같이 난폭한 모습으로 싸우던 철혼이 너무나 이질적으로 느껴져 다른 사람을 보고 있는 건 아닌지 그런 생각을 했다.

사람 목을 간단히 잘라 버리는 냉혹한 모습에 그의 피 역시 그렇게 차가운 건 아닌지, 자신이 알고 있는 그 철혼이 맞는지 의심이 되었다.

다행히 흑영대원들의 대화에 그녀가 바라보는 모습은 겉모습에 불과하다는 걸 깨달았다.

스스로 악마가 되어서라도 십전철가와 광주 사람들을 지켜주고 싶어 하는 그의 마음을 알게 되었다.

어쩌면 자신을 피하는 이유가 저런 겉모습을 보이고 싶지 않아서일 수도 있고, 저런 겉모습을 유지할 수 없을까 봐 경계한 것인 수도 있겠다는 생각이 들었다.

그래서 안쓰러웠다.

안타까워 그를 바라보고 손을 잡아주고 싶었다.

그러나 지금은 그녀가 끼어들 자리가 아니었다.

세 명의 흑영대원이 철혼의 뒤로 섰다. 그리고 약간의 시간이 흘렀다.

한쪽 거리를 채우고 있던 무리가 화들짝 놀라 좌우로 갈라서더니 그 사이로 일단의 무리가 걸음을 재촉했다.

다섯이었다.

선두에는 털북숭이 장한과 한 명의 여인이 보였다. 한 걸음 뒤로 날카로운 기도를 유지하고 있는 세 명의 장한이 따랐다.

하나같이 새까만 장포를 둘렀다.

철혼과 같은 종류의 철립을 쓰고 있었다.

불산에서 귀면살을 곤죽처럼 두들겨 팬 후 어디론가 끌고 사라진 이들이었다.

수백 쌍의 눈이 지켜보는 가운데 피와 죽음이 질펀한 거리를 거리낌 없이 걸어간 다섯 사람은 곧 철혼 앞에서 걸음을 멈추었다.

그리고 누가 먼저라고 할 것도 없이 동시에 허리를 숙이며 절도 있게 포권했다.

"대주를 뵙니다."

굵은 목소리가 선두에 있는 털북숭이 장한의 입에서 흘러나왔다.

철혼은 그들의 몸을 순식간에 살펴본 후 고개를 끄덕였다.

"철마방은?"

"깨끗하게 처리했습니다."

"수고했다."

이로써 광주의 흑도가 처리되었다.

수장을 잃었지만 백룡보와 귀도림 등 광주를 지배하던 다섯 개 문파가 아직 건재했다. 하지만 그들은 대놓고 민초들을 등치고, 화류 여인들에게 빌붙고, 배수와 도둑 등 하오잡배들을 관리하는 등 철마방이 했던 온갖 더럽고, 추악하고, 잔인한 방법으로 돈을 긁어모으지 못한다.

그건 스스로를 흑도로 깎아내리는 것이기 때문이고, 그런 짓을 했다간 결국 정도영웅맹이 나설 빌미가 된다.

십 년 전, 서문 노인은 그 같은 생리를 간파하고 가장 먼저 철마방을 몰아내려고 했다.

하지만 일의 진행 속도가 너무 느렸다.

사람의 도리를 지나치게 따진 때문이다.

결국 철마방이 제공한 달콤한 상납금에 맛을 들인 다섯 맹호가 나설 시간을 주고 말았다.

'결국은 마찬가지야. 서문 노야께서 철마방을 없앴어도 저들은 틀림없이 나섰을 거다. 노야를 죽이고, 적당한 인물을 내세워 제이의 철마방을 세웠겠지.'

철혼은 이제 막 정신을 차리고 있는 백이를 바라봤다.

가까스로 정신을 차리고 뭐가 어떻게 된 것인지 주위를 두리번거리다 망연자실 넋을 놓더니 곧 철혼을 향해 악을 쓰고 고함을 질러댔다.

백룡보의 무인들이 악착같이 붙잡아 철혼을 향해 달려들지 못하게 막았다.

철혼은 그들을 바라본 후 귀도림, 천리표국, 풍림당, 그리고 등룡곡의 무인들을 차례로 둘러보며 차갑게 입을 열었다.

"너희들이 복수에 집착한다면 살 것이고, 양민들의 고혈에 눈독을 들인다면 죽을 것이다. 모조리!"

철혼의 말이 스산하게 울려 퍼졌다.

염왕의 판결과도 같았다.

그러나 인간은 유혹에 약한 동물이다. 한 번 경험해 본 달콤한 유혹을 거부하기란 참으로 쉽지 않은 일이라는 걸 철혼 역시 잘 알고 있다.

'두고 보면 알게 되겠지.'

철혼은 시선을 돌려 털북숭이 장한을 바라봤다.

"일조장과 함께 이곳을 정리하도록."

철혼은 그 명령을 내리고 십전철가를 향해 돌아섰다.

이제 남은 건 서문 노인의 바람대로 사람의 도리와 시장의 원칙에 의해 광주의 상계가 돌아가는 것이다.

그걸 책임지고 해내고 지켜나가야 할 사람이 철혼을 바라보고 있었다.

복잡 미묘한 표정을 짓고 있는 철 가주.

놀람과 후련함, 그리고 장래의 일에 대한 두려움이 복잡하게 뒤엉킨 얼굴이었다.

'애초 서문 노야를 끌어들인 건 가주님이셨습니다. 그러니 목숨을 위협당해도 결코 외면하지 마십시오. 그런 게 바로 사람의 도리가 아니겠습니까?

선택은 철 가주의 몫이다.

어떤 선택을 하든 더 이상 왈가왈부할 생각이 없다.

시선을 돌리니 가슴 앞에 두 손을 꼭 쥐고 있는 철화옥이 보였다. 그리고 바로 뒤에 핼쑥한 얼굴로도 흐뭇한 표정을 하고 있는 왕 노인, 똑바로 바라보지도 못하는 여 노인, 감 노인을 비롯한 십전철가의 식구들이 보였다.

철혼은 십전철가의 정문을 넘어 그들에게 다가갔다.

묻고 싶은 게 많은 얼굴들이다. 하지만 해줄 말이 별로 없다.

"끝난 게냐?"

철중양이 물었다.

철혼은 철중양을 똑바로 바라보며 대답했다.

"끝일 수도 있고, 이제 시작일 수도 있습니다."

눈을 휘둥그레 뜨는 철중양.

하나 곧 철혼의 말뜻을 알아들은 것인지 무거운 얼굴로 고개를 끄덕였다.

"그래, 그렇겠구나."

철혼은 시선을 돌려 철화옥을 바라봤다.

가슴을 얼마나 졸였는지 꼭 쥔 손과 얼굴 표정만으로도 충분히 알 수 있었다.

철혼은 가볍게 웃어주었다.

십 년의 간극을 넘어 그가 할 수 있는 배려는 그게 다였다.

따듯한 말 한마디 건네기가 참으로 어려웠다.

"잘했다. 내가 다 속이 시원하다. 암, 잘했고말고. 네놈이 꼭

해낼 줄 알았다."

왕 노인의 호탕한 소리가 없었다면 또다시 철혼이 먼저 얼굴을 돌리고 말았을 것이다.

왕 노인의 큰소리에 철화옥이 흠칫 놀라 고개를 돌렸다가 다시 철혼을 쳐다봤다.

그사이 철혼은 왕 노인을 향해 고개를 숙이고 있었다.

왕 노인은 철혼의 어깨를 두들겨 준 후 철중양을 돌아봤다.

"가주님, 오늘 같은 날 술이 빠질 수야 없지 않겠습니까?"

"나중에 함세."

"아니, 왜요?"

"하아, 사람이 이토록 많이 죽었는데, 술이 먼저인가?"

철중양의 시선이 한쪽으로 향했다.

무릎을 꿇고 있는 철마방 무인들 뒤로 시체가 즐비했다. 흑영대 세 사람이 도륙한 철마방의 무인들이었다.

"저놈들이 괴롭힌 사람들이 흘린 피눈물을 생각하면 못 마실 것도 없습니다. 아주 흥겹게 노래도 부르겠습니다."

무려 십오 년이었다.

그 긴긴 기간 동안 폭력, 강간, 살인을 서슴지 않는 철마방의 흉악무도함에 무수히 많은 사람이 피눈물을 흘렸다.

그걸 잘 아는 철중양이기에 더는 말을 못했다.

이때 철혼이 철마방 무인들을 향해 걸어갔다.

마치 염왕이 다가오는 것 같아 철마방의 무인들은 화들짝 놀라 무릎을 꿇은 채 고개를 돌렸다.

"날 봐."

나직한 철혼의 목소리에는 묘한 힘이 실려 있어 철마방의 무인들은 저도 모르게 고개를 돌렸다.

그러나 곧 철혼의 차가운 눈을 확인하고는 분분히 고개를 떨어뜨려야 했다.

"너희들이 숨을 쉬고 있는 건 전부 죽이라는 내 명령을 거부한 수하들의 자비심 덕분이다. 다행히 내 기억력이 좋아 네놈들의 얼굴을 모조리 기억했으니 어디엘 가든 또다시 흑도에 몸담아라. 그렇게 해서 꼭 내 눈에 띄어라. 그때는 내가 손수 죽여주겠다."

염왕의 판결도 이보다는 두렵지 않을 것이다.

철마방의 무인들은 너무 무서워서 벌벌 떨었다.

극도로 차가운 철혼의 살기가 모두의 신경을 단단히 옭아맨 때문이다.

"알아들었으면 동료들의 시체를 가지고 전부 사라져라."

철혼의 말에도 자리에서 일어나지 못했다.

하나 곧 철혼이 진각을 밟으며 거듭 소리치자 화들짝 놀라 일어나더니 갈라지고 쪼개진 동료들의 주검을 챙겨 들고는 혼비배산한 몰골로 허겁지겁 십전혈기 밖으로 도망쳤다.

"저것들 말대로 한 번 흑도는 영원한 흑도다. 모조리 죽여버려야 했다."

왕 노인이 못마땅한 얼굴로 말했다.

"제겐 수하들의 마음도 중요합니다."

왕 노인이 알아들을 수 없는 말이다. 과연 왕 노인이 무슨 뜻이냐는 얼굴로 쳐다보았다.

그러나 철혼의 이어진 말에 까맣게 잊어버렸다.

"주귀들이 오는군요. 술이 충분히 있을지 모르겠습니다."

왕 노인이 철혼을 따라 시선을 돌려보니 흑영대원 여덟 명이 십전철가의 정문을 넘어서고 있었다.

*　　　*　　　*

철혼은 서문 노인의 묘 앞에 섰다.

미리 준비해 온 술을 묘 여기저기에 잔뜩 뿌렸다.

"앞으로 바빠질 것 같습니다. 십 년 만에 온 놈이 또 사라진다고 서운해하지 마시라고 찾아왔습니다."

복수에 관한 말은 하지 않았다.

서문 노인이 복수를 반길 리가 없다는 걸 잘 아는 때문이다. 자랑스레 복수를 운운할 정도로 통쾌하지도 않았다.

마음이 무거운 것도 아니었다. 그저 꼭 해야 할 일을 했다는 정도의 느낌이었다.

과거에 얽매이고 연연하고 싶지 않지만, 쉽사리 발걸음이 떨어지지가 않았다.

"칼을 익혔으면 천하를 베어보라고 하더군요. 천하제일 따위는 생각지도 않습니다만, 제 칼이 어느 정도인지 확인해 보고자 합니다. 어디까지 오를 수 있을지 한번 가보렵니다. 살아

남는다면… 다시 찾아뵙겠습니다.”

복수심으로 살아온 세월이었지만, 늘 공허했다.

복수를 마친 후에나 느낄만한 허전함이 언제부터인가 가슴을 답답하게 만들었다.

—네 그릇은 대해와 같은데, 복수만을 담고 있으니 그런 게다.

—네 가슴에 천하를 담아라. 그 칼로 천하를 베어라. 공허함 따위는 깨끗이 사라질 게다.

그 말이 옳았다.

마음을 정하고 나니 공허함 따위는 깨끗하게 사라져 버렸다.

그 빈자리를 집념의 불씨가 차지했다.

스승이라 부르지 못한 맹주의 뜻을 완수하고 나면 활활 타오를 불씨였다.

“이제 갑니다.”

철혼은 공손히 절을 올렸다.

잠시 아쉬운 시선을 던지고는 산을 내려갔다.

언제가 될지는 모르지만, 자신의 뜻을 이루는 날 다시 찾아올 터였다.

그전에 광주의 일을 마저 마무리하고, 왔던 곳으로 돌아가야 한다.

위정자들과 늙은 탐욕이 바글거리는 복마전(伏魔殿).

천하영웅맹이라는 허울 좋은 이름으로 자신들의 치부를 감추고 있는 진흙탕으로 가야만 한다.

철그럭! 철그럭!

흑수라가 걷고 있었다.

『패도무혼』 2권에 계속…

무정도
情刀
임영기 新무협·판타지 소설
FANTASTIC ORIENTAL HEROES

무정도
무정도
무정도
情刀
1

마 in 화산
魔 in 華山
FANTASTIC ORIENTAL HEROES
용훈 新무협 판타지 소설

FUSION FANTASTIC STORY
HUNTER MOON
헌터 문
이훈 장편소설

보름달이 떠오르면 밤의 사냥이 시작된다.
헌터문(Hunter-Moon), 사냥꾼의 달.

귀계의 밤이 열리며 저물지 않는 달이 떠올랐다.
실체 없는 힘을 좇아 명맥을 이어온 퇴마사들.

이제 그들로 인해 세상이 뒤바뀐다.
[미녀들과 귀신 탐험대]의 사이비 퇴마사 예응종과
그의 가족들이 펼치는 좌충우돌 퇴마기.

"퇴마사는 얼어 죽을! 그거 다 쇼야!"
"저기 하늘에 구멍이 뚫렸는데요?"
"으잉?"

Book Publishing CHUNGEORAM
www.chungeoram.com

수설경 水仙經

작은 샘이 바다로 모여들 듯,
만류의 법이 하나로 회귀하듯,
다섯 개의 동경이 드디어 하나로 모인다.

검을 만드는 사람과
검을 쓰는 사람,
그리고 검을 버리는 사람의 이야기!

천명을 타고 태어난 청풍과 강검산
그리고 혈로를 걸어온 살수 타유,
그들이 다섯 줄기의 피의 숙명과 마주한다.

Book Publishing CHUNGEORAM

유행이 아닌 자유추구 -
WWW.chungeoram.com